少年は月に囚われる

桃花男子《とうかだんし》

岡野麻里安

講談社X文庫

目次

小松《こまつ》 千尋《ちひろ》

高校１年生で、英国人の父と日本人の母を持つ美少年。内弁慶で、やや人見知りする性格。親友の櫂とともに中華ふうの異世界、蓬萊に飛ばされ、自分が伝説の巫子姫《みこひめ》、桃花巫姫《とうかふき》だと知らされる。もとの世界に帰る道を探す旅の途中で、蓬萊王に気に入られ、寵童《ちょうどう》にされてしまう。おかげで、櫂に秘密ができてしまうが……。

尾崎《おざき》 櫂《かい》

千尋の幼なじみで、親友。黒髪と黒い瞳、凜《りん》とした面差しの美青年。社交的で友人も多く、女性にもモテるが、誰よりも千尋の側にいると「しっくりくる」と思っている。もともとは千尋と同じ15歳だったが、異世界に飛ばされ、再会した時には 20 歳になっていた。空白の５年間に、何が……!?

桃花男子

登場人物紹介

楊《よう》叔蘭《しゅくらん》

荊州《けいしゅう》の神獣の祠《し》堂《どう》を護っていた美貌《びぼう》の巫子《ふし》。長風旅団に所属。23歳。

李《り》姜尚《きょうしょう》

王に逆らう地下組織、長風旅団《ちょうふうりょだん》の指導者。大熊《おおくま》猫《ねこ》の芳芳《ほうほう》を溺愛している。22歳。

香貴妃《こうきひ》

蓬莱王の寵妃《ちょうひ》で、妖艶な黒髪の美女。後宮で権勢をふるう。王の心を占める千尋に嫉妬し、危害を加えようと企《たくら》む。

柳《りゅう》麗玉《れいぎょく》

小さな漁村で魚を捕って暮らす美少女。川辺に流れついた千尋を助けてくれる。元婚約者の危機を桃花巫姫に救ってもらいたいと願うが……。

陳《ちん》 氷《ひょう》輪《りん》

関江県《かんこうけん》の県令《けんれい》。化け物に憑依《ひょうい》され、別人のようになっている。かつては麗玉の婚約者で、学問を愛する好青年だった。

趙《ちょう》 朱《しゅ》善《ぜん》

王を警護する禁軍の武官。25歳の若さで一部隊の兵帥《たいちょう》を務める。

龍《りゅう》 月《げっ》季《き》

蓬莱国の若き王。悪逆非道な振る舞いで、民に恐れられている。20歳。その容姿は櫂にそっくりなのだが……。

イラストレーション／穂波《ほなみ》ゆきね

少年は月に囚われる

桃花男子《とうかだんし》

序章

夜のなかで、焚《た》き火《び》の炎が燃えていた。

一面、遮《さえぎ》るもののない草地である。

焚き火の側《そば》に、二つの人影が座っていた。

片方は、華奢《きゃしゃ》な少年だ。

日本人離れした、やわらかな栗色《くりいろ》の髪と、はしばみ色の瞳《ひとみ》の持ち主である。顔や腕は陽《ひ》に焼けているが、普段、衣類に隠れている肌は透きとおるように白い。

まだ着慣れない苔色《こけいろ》の中華ふうの衣装——袍《ほう》を着て、足には白いスニーカーを履いている。

この少年の名は、小松千尋《こまつちひろ》という。

父はイギリス人で、母は日本人という家庭に育ったが、当人は自分は日本人だと思っている。英語もあまり得意ではない。

歳《とし》は十五。都内にある、大学までエスカレーター式の私立高校に通っている。部活は、陸上部だ。

もう片方は、長身の青年である。艶《つや》のある漆黒の髪を前髪ごとまとめて、後頭部で結んでいる。切れ長の目は闇《やみ》の色。肌は夜のなかに浮かびあがるように白い。

端正な顔だちは、見る者に強い印象をあたえる。

身につけているのは、簡素な黒い袍だ。日中は黒い革鎧《よろい》を身にまとい、腰に剣を佩《は》いている。

彼の名は、尾崎耀《おざきかい》。

千尋とは幼なじみで、高校も同じ私立高校に通っている。子供の頃は、週の大半は近所にある互いの家を行き来して、二匹の子犬のようにくっついて昼寝し、一緒にオヤツを食べていた。

二人から少し離れたところに、小山のような黒い影がうずくまっている。

影は、耀の翼 龍《よくりゅう》だ。

二人はこの翼龍に乗って、はるばる柏州《はくしゅう》の臥 牛《がぎゅう》から旅してきたのだ。

千尋と耀がいるのは、蓬莱国《ほうらいこく》という異世界だった。

「ここに来て、オレ、そろそろ二十日だ……」

ポツリと呟《つぶや》いて、千尋は燃える炎を見つめた。

東京にいた時は、自宅はオール電化だったので、こんな大きな炎をまぢかで見る機会はほとんどなかった。

ましてや、民家のまったくない場所で野宿することなど、考えたことさえない。

携帯電話もテレビも学校もない生活。

それに耐えて、今日までがんばってこられたのは側に櫂がいるからだ。

（でも……櫂は二週間なんてもんじゃねえんだ。弱音吐いちゃダメだ）

親友の櫂はここに飛ばされてくるまでは、千尋と同じ十五歳だった。

それなのに、この異世界で再会した時、櫂は二十歳《はたち》になっていた。

飛ばされてくる時、何かの加減でタイムラグが生じたらしく、櫂のほうが早く蓬莱国に着いていたのだ。

千尋にとっては、ショックな現実だった。

「大丈夫だ。戻れるから」

木の枝を折って焚き火に放《ほう》りこみながら、櫂は穏やかな声で言う。

今、燃えている木の枝は櫂が途中で休憩した時に拾って束《たば》ね、翼龍の背に乗せてきたものだ。

千尋より、ずっと長くこの世界にいる櫂は、ごく自然にそんなことをやってのけている。

スイッチ一つで暖かくなる生活に慣れていた千尋にとっては、戸惑うばかりの日々だった。

「ん……。そうだな。きっと戻れるよ」

千尋は、できるだけ明るい声で答えた。

時おり、もう戻れないのではないかと不安になる。だが、自分が泣き言を言えば、きっと燿もつらくなるだろう。

（こいつのほうがきつい状況なんだから、オレが凹《へこ》んだ顔するわけにはいかねえ……）

その時、西の夜空にツッ……と星が流れた。

（あ……！）

「流れ星だ！　見たか、燿？　あっちのほうに……」

千尋は、西の空を指差した。

夜空は一面、銀の粒をまいたようだ。

北から南にかけて、千尋たちの世界のものより幅広の天の川が長く横たわっている。

燿も夜空を見上げ、うなずいた。

「ああ、見えた。今夜は流星群らしいぞ」

「へえ……。晴れてよかったな。ここ、街の灯《ひ》がねえから、綺麗《きれい》だろうな」

言っているあいだに、また星が流れた。今度は南の空だ。

空一面に星が瞬《またた》いている光景は圧巻である。

この世界に来るまで、こんなにたくさんの星を見たことはなかった。

東京の夜空はいつも街の灯が反射していて、一等星くらいしか見えないのだ。

月明かりが本当に草や地面を霜のような色に照らしだすのも、初めて見た。

夜がこんなに深いことも、初めて知った。

櫂が祈るような瞳で、夜空を見上げている。

何を願っているのだろう。

無事に帰ることだろうか。

帰れたとして、十五だったはずなのに二十歳になってしまった櫂はもとに戻れるのだろうか。

(戻れるって信じてえけど……)

思わず重苦しいため息が漏れてしまう。

(やべ……)

「なあ、こっちの世界も星座ってあるのかな?」

わざと明るい声で尋ねると、櫂が千尋のほうを見た。

焚き火の明かりが、大人びた端正な顔を照らしだしている。切れ長の黒い目にじっと見られて、千尋は妙にどぎまぎした。

(かっこいいじゃん……。なんだよ……)

耀はふっと笑って、二人がやってきた北のほうの空を指差す。

「あるぞ。あれなんか、覚えておくと便利だ。俺は逆北斗と呼んでいるが」

耀の指差した空に、ひときわ明るい七つの白い星が見えた。しかし、北斗星にしては何か違和感がある。

「なんで逆北斗なんだよ？」

「柄杓《ひしゃく》の方向が逆なんだ。あれが真北を指す星座だ。あれさえ見えれば、どんな山のなかでも道に迷わない」

「へえ……。こっちじゃ、大熊座《おおくまざ》って言わねえのか？」

「ああ。蓬莱では大熊猫座《おおくまねこざ》と呼ばれている」

「マジで？　パンダ座!?」

一瞬、からかわれているのかと思ったが、耀は真面目《まじめ》な目をしている。

「パンダ座だ」

「子パンダ座もあるのか？」

まさかと思っていたのに、耀は大熊猫座から少し離れたところにある一群の星を指差す。

「あれが子大熊猫座だ」

「……竹はねえのか、竹は？」

「手に持っているらしいぞ」

「マジで⁉」

「嘘《うそ》だ。子大熊猫座はない」

「なんだよぉ……！　信じたじゃねえか！」

ぷーっと口を尖《とが》らせると、櫂が笑いだした。

「可愛《かわい》いな、千尋は」

「るせーな」

千尋は憮然《ぶぜん》として、草をちぎって焚き火ごしに櫂に投げつけた。櫂は、楽しげにそんな千尋をながめている。

その時、ひときわ輝く流星が南の空に落ちていった。

（すげえな）

いつの間にか、櫂はまた夜空を見上げている。

千尋はうーんとのびをして、翼龍の背に座りっぱなしで凝った背中を軽く叩《たた》いた。

「帰ったら、思いっきり熱い風呂《ふろ》に肩まで浸《つ》かりてぇなあ……」

さっき、陽が暮れる前にそのへんを軽くランニングして、近くの川で水浴びしたが、そろそろ熱いシャワーや浴槽が恋しかった。

以前、この蓬萊国の支配者である蓬萊王に捕らえられ、寵童《ちょうどう》として生活させられていた時はふんだんに湯を使って広い浴堂で入浴できたが、だからといって、もう一度、あの境遇に戻る気にはならない。

「関江《かんこう》には、たしか街外れに温泉があったはずだ。時間があったら行こう」

　櫂が微笑《ほほえ》んだ。

関江は、現在の二人の目的地だ。千尋はどんな場所か知らないが、櫂は以前、行ったことがあるらしい。

「そっか。温泉、いいなあ。そういや、子供の頃、一緒に都内の温泉とか銭湯行ったりしたよな」

　昔は、互いの家の風呂にもよく一緒に入っていた。さすがに、中学校にあがった頃から、別々に入るようになっていたが。

「懐《なつ》かしいな。そういえば、おまえ、東友《とうゆう》ストアの裏の銭湯でアヒルちゃんをなくして大泣きしたことがあったよな」

　櫂がクスクス笑う。

「やめろよ。そういう話」

千尋は、顔をしかめた。近所に住む幼なじみなので、互いのことは実の家族のようによく知っている。もちろん、失敗談や情けない話も。

「おまえだって、小学校の頃、任青堂《にんせいどう》モバイルGT、買ってもらってすぐになくして半べそだったくせに」

任青堂モバイルGTは、当時、子供に人気のあった携帯用ゲーム機だ。発売されたのは、二人が小学校四年生の頃。発売からしばらくは品不足の状態がつづき、そろって手に入れられたのは五年生の春だったと記憶している。

千尋の言葉に、燿は懐かしげな表情になった。

「任青堂か……懐かしいな。こんなふうにして、あっちの世界の話ができるなんて思ってもみなかった」

(燿……)

そう言われて初めて、燿はこの世界で本当に一人ぼっちだったのだと思う。

どんな想《おも》いで、自分を待ちつづけたのだろう。

ごめんと謝れば、そのたびに燿は千尋の髪をくしゃっとして「気にするな」と言ってくれる。

前から優しかったが、歳《とし》を重ねた燿は経験と包容力も加わって、本当に優しくなった。

それに甘えていてはいけないと思うのだが。

「あっちの話、誰ともできなかったのか?」

「ああ。言っても信じてくれなかったしな。そのうち、何もかも夢だった気がしてきて、怖くなった。……一人になった時には、覚えているかぎりの歌を歌いながら歩いた。むこうの世界のことを忘れないように」

　燿の瞳が暗くなる。

（燿……）

「大丈夫だからな。忘れても、オレが思い出させてやるから」

　焚き火ごしに燿を見、一生懸命に言うと、切れ長の黒い目が笑ったようだった。

「おまえがいれば、わざわざ思い出す必要はない」

「なんだよ、それ」

「おまえを見ていると、子供の頃の懐かしい思い出が浮かんでくる。楽しかったことや、うれしかったこと、おまえと遊びまわった公園や夏のプール……。おまえのなかに俺の大事なものは、みんな入っているんだな」

　しみじみと言われても、なんと答えていいのかわからない。

　千尋は黙って、自分のスニーカーを見つめた。

　むこうの世界が実在するという証《しるし》。

　翼龍に載せて持ち歩く荷物のなかにも、自宅から着てきたTシャツやコーデュロイのシャツ、ジーンズなどが畳んで入れられていた。

　自分は、まだむこうの世界につながるものを持ち歩いている。

　けれども、燿はもう上から下まで、こちらの服装に着替え、人々のあいだに溶けこんでいた。

あちらの世界のものは、なくしてしまったのだろうか。

それとも、捨ててしまったのか。

だが、それを訊《き》く勇気はなかった。

この世界で、櫂はかなりハードな日々を送ってきたようだ。

櫂の左肩に残る無惨《むざん》な傷痕《きずあと》が、その証《あかし》だ。

それはこの世界に来て間もない頃、蓬莱王の王宮を訪ねていって受けた傷なのだという。

——殺されずにすんだのは、運がよかった。何も知らない異世界の人間が、ふらふらと王宮に入りこんだんだからな。

その話をしてくれた時の、櫂の何かを押し殺すような表情を思い出す。

（きっと……怖かったろうな。お母さんに会いたかったろうし、誰かに手当てしてほしかったろうに……）

櫂が傷ついて、苦しんでいた時、側にいてやれなかったことが申し訳なかった。

「何を考えている？」

やわらかな声で、櫂が尋ねてくる。

ドキリとして、千尋は座りなおした。

「え……いや、なんでもねえよ。……あっちの世界の小物、なんか持ってなかったかなと思ったんだ。おまえにやれるようなもの……」

ボソボソと呟くと、櫂が怪訝《けげん》そうな表情になった。

「あっちの世界の小物？　なんだ、それは？」

「いや、だから……持ってると思い出せるだろ、いろいろと……」

千尋の言葉を聞いて、櫂は苦笑した。

「いらん気は遣《つか》うな。おまえがいればいいと言ったつもりなんだがな、俺は」

「え？　……やだなあ。そういうことは、女にでも言ってやれよ」

冗談を言う元気があるなら、櫂は大丈夫だと思った。

櫂は千尋の顔をじっと見つめていたが、やがて小さなため息をついて、荷物から毛布を二枚とりだした。

一枚を千尋のほうに放ってよこし、もう一枚にくるまって横になる。

「そろそろ寝るぞ」

「あ……うん……」

千尋も毛布をつかみ、櫂の隣に行って横になった。

この世界に来て、櫂と合流した最初の夜に、不安で櫂の毛布に潜りこみ、くっついて眠って以来、なんとなく夜は並んで寝るのが習慣になってしまった。

野宿は不安だし、子供の頃から一緒に昼寝していたので、櫂によりそって眠るのは安心なのはたしかなのだが。

(変な癖ついちまったな……。まあ、オレも櫂もそういう趣味はねえから、いいんだけどさ)

欠伸《あくび》をして、千尋は身体《からだ》に毛布を巻きつけた。

仰向けになると、星がよく見える。

「綺麗だな」

「ああ、綺麗だ」

こうしていると、あの星を見ているのはこの世界で自分たちだけのような気がしてくる。

「なあ……関江まで、あと何日だ?」

上を見たまま、ボソボソと尋ねると、少し眠たげな声で答えがあった。

「休み休み行っても、明日の夕方には着くだろう。ただ、関江に入る前にどこかで、おまえの符券《ふけん》を用意しなきゃならん。そのぶん、時間を食うはずだ」

「ふけんって……何?」

千尋は、櫂のほうに目をむけた。

櫂は地面に片肘《かたひじ》をついて頭をささえ、こちらをながめている。

焚き火の明かりに照らされた彫りの深い顔には、穏やかな表情が浮かんでいた。

「通行手形みたいなものかな。出身地と親の名前と現住所が書いてあって、墨で当人の手形が押してある。出身地の戸籍に載ってないと出してくれないんだ。符券がないと門士《もんばん》が通してくれないから、関江のなかに入れない」

「マジかよ……!?　どうするんだ？　戸籍って言われたって……ここの人間じゃねえし。……っていうか、おまえは持ってるのか、そのふけんってやつ」

「いちおうな。こっちで裏社会の人間と知り合った時に、作ってもらった」

「へえ……」

櫂は本当にこの世界で顔が広いようだ。

「オレのも……なんとかなるのか？」

「なんとかなる。心配するな。ただ、半日かそこら、関江への到着は遅れるかもしれない」

「ん……それくらいなら、いいよ」

千尋はホッとして、あらためて夜空を見上げた。

昨日と一昨日は雨で飛べず、二人は翼龍も入れる洞窟《どうくつ》で、だらだらと時間を過ごしたのだ。

その前の日と前々日はやはり移動しないで、山のなかの無人の炭焼き小屋にいた。

王都、亮天《りょうてん》から臥牛への強行軍で疲れた翼龍を休ませるためだった。

思わぬことで時間を食ってしまったため、結局、臥牛を出てから五日が過ぎていた。

(まあ、いいか……。もう六日も七日も同じだし)

「関江に着いたら、遺跡の学者にすぐ会えるといいな」

「ああ……そうだな」

櫂が欠伸をするのが聞こえた。

遺跡は、この世界で二人が再会した場所だ。そこには五行《ごぎょう》の門と呼ばれる不思議な白い扉があって、千尋たちはその扉から自分たちの世界に戻れるはずだった。

しかし、おそらく扉に無理やり乱入してきた蓬萊王の武官のせいで、帰還は失敗した。

扉は二人を王都に運んだ。

千尋たちはあの遺跡を研究している老いた学者が関江に住んでいると聞き、会いにいこうとしていた。

その学者ならば、五行の門から異世界へ行く方法について何か知っているかもしれない。

日本から蓬萊に来ることができたのだから、帰る道もあるはずだ。

(きっとある……。あるはずだ)

千尋はゴソゴソと身じろぎし、目を閉じた。

東京にいた頃は夜更《よふ》かしが当たり前だったが、陽が昇ると目を覚ます生活をしているせいか、最近は横になるとすぐに睡魔が襲ってくる。

隣から聞こえる櫂の寝息に誘われるようにして、千尋も眠りに落ちていった。

第一章　試練は突然に

鉛色の空の高みで、稲光が閃《ひらめ》く。

数秒遅れて、雷鳴が轟《とどろ》きわたった。

（やべえ。降ってくる……）

千尋《ちひろ》は首をすくめた。目の前に、櫂《かい》の黒い革鎧《よろい》の背中がある。

二人を乗せた翼龍《よくりゅう》は、激しい気流のなかを飛んでいた。

朝はいい天気だったのに、見る見るうちに空に黒雲が広がり、あたりが薄暗くなってきたのだ。

櫂は「こんなはずじゃなかった」「変な天気だ」などとブツブツ言っている。

不安定な風が、翼龍を空高くに持ちあげる。

千尋は息を詰め、櫂の腰にしがみついた。革のハーネスのようなものはつけているが、すっぽりぬけて落ちてしまいそうで怖い。

（オレ、ジェットコースター嫌いなのに）

涙目になった時だった。

「しょうがない。降りて雨宿りしよう」

耀が肩越しに千尋を振り返って、言った。

(ようやく降りられる……)

ホッとして、千尋はうなずいた。

だが、下に見えるのは草原と川で、たまに木が茂っているが、雨を避《よ》けられそうな場所は見あたらなかった。

(雨でびしょ濡《ぬ》れは嫌だなあ。どっか乾いた場所で火を起こして、お茶飲みてえ。……っていうか、そろそろパンとかスパゲッティ食いてぇよ。胡芋餅《ごいももち》は飽きた)

贅沢《ぜいたく》を言ってもはじまらないのだが。

その時、千尋はふと妙な圧迫感を覚えた。

何かが近づいてくる。何か、とても嫌なものが。

(なんだろう、これ……?)

ほぼ同時に、耀が右手のほうを見、「こんな時に……」と呟《つぶや》いた。

千尋も耀と同じほうに視線をむけた。

(え……?)

激しい風に逆らって、黒い煙のようなものが近づいてくる。

圧迫感の源《みなもと》は、あれだろうか。

「なんだ、あれ⁉」

舌を噛《か》まないように注意しながら、尋ねる。

「陰《いん》の気だ。地狼《ちろう》とは違うが、何か虫か小さな鳥の形をとっている」

「マジかよ⁉」

千尋の背筋が、ざわっと冷たくなる。

地狼というのは陰の気の化身で、黒い犬のような獣の姿をとる。別名は犀犬《さいけん》ともいう。

千尋は今まで、何度も地狼に襲われ、殺されそうになってきた。

地狼たちは、千尋の強い霊気に惹《ひ》かれて集まってくるのだという。

「こんな空の上にまで追っかけてくるなんて……！　逃げられるのか？」

「なんとかしよう。少し荒っぽくなるぞ。しっかり、つかまっていろ」

櫂が言ったとたん、翼龍がぐぐっと左側に急旋回した。

（ぎゃあああああーっ！）

千尋は、懸命に櫂の腰にしがみついた。革のハーネスが肩や腰に食いこむ。

（落ちませんように……神さま……）

翼龍は、ジェットコースターのように左右に揺れながら急降下していく。

激しく揺れる翼龍の上で、櫂がすらりと剣をぬいた。

黒い影が接近してくる。
近くに来たところを見ると、影は無数の黒い蜂《はち》の群れだった。
蜂がこんな激しい風のなかを飛べること自体が、普通ではない。
（やべえ……）
千尋の全身が総毛立《そうけだ》った。とても剣で戦える相手ではない。
櫂が剣を頭上に掲げた。
「九天応元雷声普化天尊《きゅうてんおうげんらいせいふかてんそん》！」
不思議な叫び声とともに、カッと空が光った。
櫂の剣にむかって稲妻《いなずま》が落ちてくる。
「ぎゃあああああああーっ！」
千尋は、思わず悲鳴をあげた。
ドドドドドドドドドーンッ！
轟音《ごうおん》とともに、あたりが真っ白に輝いた。
近くにいた黒い蜂たちが、光に溶けるようにして消えていく。
（う……そ……）
身をすくめたまま、千尋はさっきまで黒い蜂たちのいた一角を振り返った。
櫂にこんな術が使えたことにも、びっくりしていた。

（すげえや。あそこの蜂、消えちまった……）

だが、ポッカリと空いた空間はすぐに別の蜂たちで埋めつくされる。

「燿！　蜂が……」

「陰蟲《いんちゅう》、消えろ！」

燿が剣を一閃《いっせん》すると、剣の先端から稲妻が迸《ほとばし》った。残りの蜂たちのあいだにジグザグの光が走りぬける。

蜂たちが散り散りになって、風に吹き飛ばされはじめた。

（やったか……？）

そう思った時、翼龍が急上昇しだした。

「うわあああああーっ！」

負荷のかかったハーネスがぶちっと音をたて、ちぎれるのがわかった。

（嘘《うそ》……！）

千尋の身体《からだ》は、何もない虚空《こくう》に放《ほう》りだされる。

「ぎゃあああああああーっ！」

「千尋！」

燿が素早く手をのばし、千尋の身体をつかもうとした。

だが、その手は千尋に届かない。

ほぼ同時に、蜂たちが勢いを盛り返し、櫂に襲いかかっていった。

「千尋ーっ！」

必死の叫び声が遠ざかる。

悲鳴をあげて、千尋はどこまでも落ちていった。

（死ぬ……！）

ふいに、身体がドボンと音をたてて水に沈みこんだ。口のなかに流れこんできたのは、真水だ。どうやら、川か湖の上を飛んでいたようだ。

「げぼっ……ごほっ……」

（溺《おぼ》れる……。助けて……櫂……）

千尋は、死にものぐるいで水をかいた。

上も下もわからない状態のなかで、千尋はどこかで櫂の声を聞いたような気がした。

（呼んでる……？）

櫂の声は、しだいに近づいてくる。

懸命に目を開くと、濡れて顔にへばりついた髪のあいだから、鉛色の水をかいてこちらに泳いでくる櫂の姿が見えた。

翼龍は、どこに行ったのかわからない。

櫂は青ざめた顔で、千尋のほうに手をのばしてきた。

「こっちだ、千尋！　つかまれ！」

激しい流れに押し流されながら、その声ははっきりと千尋の耳に届いた。

（来てくれたんだ……擢……）

ホッとしたとたん、目の前が真っ暗になって、ふっと意識が遠ざかった。

＊　　＊

どこからか、鳥の声が聞こえてくる。

目蓋《まぶた》にあたる明るい光に、千尋は目を覚ました。

（ここは……？）

乾いた場所に寝かされている。服も濡れていないようだ。背中にあたっている布団《ふとん》は、やけにチクチクして固い。

薄目を開くと、見知らぬ木の天井が見えた。壁は粗末な板張りだ。

どうやら、千尋が横になっているのは壁際《かべぎわ》に置かれた狭い寝台のようだ。寝台に敷いてあるのは、藁《わら》布団である。目の粗い布のあいだから、藁の先が突き出していた。

（どこなんだよ、ここ……？）

小屋の外から、水の流れる音が聞こえてくる。空気のなかに、嗅《か》ぎ慣れない魚の匂《にお》いがする。

まだ、どうして自分がこんなところにいるのかわからない。

その時、澄んだ高い声がした。

「目が覚めた？」

軽い足音とともに、見知らぬ少女が千尋の視界に現れた。

硬質な美貌《びぼう》の持ち主で、どこか中性的な印象がある。結わずにたらした長い髪は黒く、瞳は瑠璃色《るりいろ》。身につけているのは、粗末な朽《く》ち葉色《ばいろ》の麻の襦裙《ころも》だ。歳《とし》は十七、八というところだろうか。

（誰だ、あの子……）

慌てて起きあがると、頭がくらくらした。なんだか、身体に力が入らない。

まるで、風邪で高熱を出した後のようだ。

ここはどこだろう。櫂は近くにいるのか。

少女は寝台に歩みよってきて、「動いちゃダメ」というように首を横に振り、千尋の肩を軽く押さえた。

「急に動かないで。三日も熱が下がらなかったんですから」

「三日？」

千尋はドキリとして、記憶を探った。

川に落ちたのは、三日も前のことなのか。その間の記憶が欠落している。

「あなたは、すぐそこの川岸に打ち上げられていたんです。見つけた時は、びっくりしました。最初は死んでいるのかと思った……」

少女の背後に、梁《はり》が見えた。梁には、干した魚がいくつかぶらさがっている。匂いのもとは、あれのようだ。

建物は掘っ立て小屋に毛が生えたような造りで、四角い窓には格子《こうし》も入っていない。

「あの……櫂を知りませんか？　オレより五つ年上で、黒髪のかっこいい男なんですけど。助けてくれた時、オレ、一人でしたか？　ほかに誰か……」

少女は困ったような顔になり、首を横に振った。

「いいえ、ほかのかたは見てません」

(離れ離れになっちまったのかよ。どうしよう……)

千尋は、不安になって黙りこんだ。

少女は奥の部屋に行き、古びた木の椀《わん》を持ってきた。

「喉《のど》が渇いたでしょう？　これ……」

差し出された椀のなかには、茶色っぽいお茶のようなものが入っていた。いれたてなのか、まだ温かい。

「あ……。ありがとうございます」

千尋はペコリと頭を下げ、椀を受け取った。用心しながら、お茶を少しずつ、すすってみる。

薬草茶か何かだろうか。香ばしくて、少し癖《し》があり、ドクダミ茶に似ている。

温かなお茶はおいしくて、空っぽの胃に染みわたる。

千尋は、ほうっと息を吐いた。少女の気づかいがうれしかった。

「あの……ここ、どこなんですか？」

「関江県《かんこうけん》の恭《きょう》の里《むら》です。県城《けんじょう》の関江まで、馬で半日くらいかかります」

「ああ、関江県ってことは関江の近くなんだ……」

（オレたちの目的地の側《そば》か……）

川に落ちてから、そんなに遠くまで流されたわけでもないらしい。

恭は、漁村のようだ。

今いる建物も漁師の小屋に見えるが、他に人の気配はない。

「ここで暮らしてるんですか？　ご両親は？」

「亡《な》くなりました。だいぶ昔に」

少女は、あっさりと答える。今は一人暮らしなのだという。

「そっか……。ごめん……すみません」

悪いことを訊《き》いてしまったと思った。

少女は「気にしないで」というように微笑《ほほえ》んでみせる。

「あの……オレ、小松《こまつ》千尋っていいます。姓は小松、名は千尋。ちょっと変な名前かもしれねえけど、この国の人間じゃねえから」

「ちひろ……さん？　異国のかた？」

「はい……」

異世界と言っても、かえって混乱させてしまうだろう。

少女は不思議そうな顔で千尋を見、麻の襦裙の裾《すそ》を直した。

「私の名は麗玉《れいぎょく》。姓は柳《りゅう》といいます。梧州《ごしゅう》の生まれです」

梧州というのは、この蓬萊国の五つの州の一つだ。

西のほうにあるらしいが、千尋はまだ行ったことがない。

「りゅう……れいぎょくさん？」

「はい」

少女は、自分の手のひらに指で「柳麗玉」と字を書いて見せる。千尋もそれを真似《まね》して、手のひらに自分の名前を書いてみる。

二人は顔を見合わせ、微笑みあった。

どうやら、この少女は悪い人間ではなさそうだ。

「お連れのかたと、船で川を下ってきたんですか？」

麗玉が小首をかしげて尋ねてくる。

「いや……翼龍で……」

千尋の答えに、麗玉は目を丸くした。

「翼龍！　このへんでは、翼龍なんて見たこともありません。あの……立派な袍《ほう》を着てらっしゃったから、普通のお家のかたじゃないとは思っていたんですけれど」

憧《あこが》れるような口調から、翼龍という妖獣《ようじゅう》が貴重なものらしいことが伝わってくる。

あらためて、千尋は粗末な小屋のなかを見まわした。

自分が今、着ているのは後宮から逃げだしてきた時の煌《きら》びやかな袍ではない。宝石もついていなければ、どっしりと重い絹でもない。櫂がどこからか買ってきてくれた木綿の袍だ。帯もそれにあわせて、簡素なものになっている。

それでも、麗玉の着ている麻の襦裙より、ずっと仕立ても生地もいいらしい。

（ひょっとして、翼龍も高級品なのか？　高級外車みてぇなもん？　まあ、あれだけでかけりゃ、餌代《えさだい》もかかるだろうし……金持ちしか飼えないかもなあ）

しかし、櫂がそんなにリッチなのも妙な気がした。

剣や革鎧《よろい》を働いて買ったと言っていたから、翼龍も買ったのだろうか。

「よく……わかんねえんですけど。翼龍は、友達のだから」

「そう。……そのお友達とはぐれてしまったんですね」

麗玉は、複雑な表情になった。

「うん……」

燿は生きているのだろうか。生きているなら、絶対に捜しにきてくれるはずだが……。

（いや、生きてるに決まってる）

不安を押し殺し、千尋は麗玉の顔を見つめた。

「オレ、翼龍から落ちちゃったんです。友達も……。でも、あいつ、泳げたはずだし……たぶん、オレのこと、捜してくれてると思うんだけど。名前は、尾崎《おざき》燿っていいます。姓が尾崎で、名前が燿。オレの幼なじみで、歳は二十歳《はたち》……」

麗玉は小首をかしげ、考えこんだようだった。

「そういうかたは、来ていないようです。このあたりは流花川《りゅうかせん》の支流で、よそのかたは滅多に来ないんです。流花川のほうは大きな川で、行客《たびびと》の行き来も多いんですけれど。でも、里門《りもん》の門士《もんばん》が誰か見ているかもしれません。後で、訊いてみましょう」

「あ……。よろしくお願いします」

「それで……千尋さんは、どこからいらしたんですか？」

少し不安げな目になって、麗玉が尋ねてくる。

（日本からって言っても通じねえし……）

少しためらって、千尋は答えた。

いない。

「臥牛《がぎゅう》です。ええと……柏州《はくしゅう》の」

翼龍に乗って出発した場所はこの柏州の太守《たいしゅ》のいる府城、臥牛だったから、嘘はついていない。

その前にいたのは王都《みやこ》だが、わざわざ言う必要はないだろう。

臥牛と聞いたとたん、麗玉は目を輝かせた。

「じゃあ、桃花巫姫《とうかふき》を見ましたか？」

（げ……。その話かよ）

桃花巫姫というのは、この世界を護《まも》る五体の神獣に仕える伝説の巫子姫《みこひめ》である。桃花姫《とうかひめ》とも呼ばれている。

桃花巫姫は代々、異世界からやってくるという伝説があり、みな絶世の美少女であるらしい。

ちなみに、当代の桃花巫姫はごく最近、臥牛に現れたばかりだ。

臥牛の大学が王の軍と陰の獣に包囲され、今にも落ちんとした時、大学を囲む石壁の上に神獣とともに現れ、陰の獣たちを追い払ったのだ。

王の軍は敗走し、臥牛の街はたいへんなお祭り騒ぎになっている。

（言えねえ……。オレがその桃花巫姫だなんて。……っていうか、オレはまだ自分が桃花巫姫だなんて思ってねえし）

臥牛から来たと言ったのは、失敗だったかもしれない。

どうやら、桃花姫再来と神獣顕現の噂《うわさ》は蓬莱《ほうらい》全土に広まっているようだ。

その噂の震源地からやってきたと言おうものなら、根ほり葉ほり訊かれるに決まっている。

(そんなに期待に満ちた目で見つめるなよ)

千尋は、ため息をついた。

「残念ながら、オレ、ほとんど見てないんです。あの日に臥牛を出発したんで……」

「でも、桃花巫姫のお姿は見たんじゃないですか？」

「見……たけど……」

「どんなかたでした？　お綺麗《きれい》だったでしょうね」

麗玉はうっとりとした顔で、尋ねてくる。まさか、桃花巫姫が男だとは思ってもみないようだ。

「ええ……まあ……。綺麗だったみたいです。遠目だったんで……」

「神獣さまは視《み》ましたか？」

「視ました。白くて、綺麗でした」

「やっぱり、白いんですね……」

憧れるような瞳で、麗玉は呟いた。

この世界で、純白な生き物は神獣だけだ。他の獣や妖獣は、すべて身体のどこかに別の色が入っているのだ。

「私も臥牛に行きたいけれど、遠いですよね……。できるだけ早く、路費《りょひ》を貯《た》めて行こうと思ってるんですけれど」

「臥牛に？」

まさか、桃花巫姫を見に行くと言いださないだろうか。

自分はもういないのに。

「はい。桃花巫姫にお会いして、お願いしたいことがあるんです。おかしいかもしれませんけれど……化け物に憑依《ひょうい》されている氷輪《ひょうりん》さまを……私の元婚約者を助けていただきたいんです」

麗玉は、真剣な目で言った。

そんなことを頼まれても困る。

（どうすんだよ、これ……）

事情を訊いていいものかと迷いながら、千尋は薬草茶を口に運んだ。

訊いたところで、自分には何もできないのもわかっていた。

「でもさ……桃花巫姫は化け物とか退治する人じゃねえだろ」

少しためらって、小さな声で言ってみる。

麗玉は、切なげに笑った。

「でも、頼んでみないとわからないでしょう」

「そうかもしれねえけど……」

たぶん無理だろうとは、とても言えない。

麗玉は背筋をのばし、はっきりした声で言った。

「私、今、臥牛への路費を貯めるために、そこの川で魚をとって関江に売りに行っているんです。暗いうちに網をあげて、出発すれば、午後には関江に着きます。そこで店を開けば、夕食の買い物には間に合うんですよ。……臥牛への道はよくわからないから、巡礼団についていこうと思ってるんですけれど」

「巡礼団？　そんなのあるんですか？」

「ええ。桃花巫姫の噂が流れてきてすぐ、この里と近隣の坊里《むらざと》の人たちで巡礼団が結成されたんです。一人で臥牛まで旅するよりは安全ですから。でも、ちゃんとした宿に泊まるから、野宿よりは高くつきます」

費用は、銀五枚だと麗玉は言った。

その銀五枚というのが日本円でいくらの価値なのか、千尋にはさっぱりわからない。

買い物は櫂がしてくれていたし、その前は望んだわけではないが、後宮で贅沢のかぎりを尽くしていた。

それを後ろめたく思いながら、千尋は心のなかでため息をついた。

(どうしよう。止めたほうがいいのかな)

桃花巫姫は今、いないと言えば、麗玉は失望するだろう。

それに、どうして、いないと知っているのかと質問されても面倒だ。

(あーあ……。なんで、オレ、桃花姫ってことになっちまったんだろう)

神獣を視ることもできるし、神獣の唯一の食べ物である瑞香《ずいこう》という白い花をつんで、神獣に食べさせることもできる。

それは自分が桃花姫である証《あかし》だというが、いまだに納得がいっていない千尋だった。

そもそも、桃花姫は絶世の美少女だというではないか。

男の自分が桃花姫なのは、どう考えてもおかしい気がした。

(そりゃあ、神獣は可愛《かわい》いし、腹減らしてたら瑞香やりてぇと思うけどさ……。でも、桃花姫として生きるのは無理だ)

考えこんでいた時だった。

「千尋さんは、これからどうするんですか?」

麗玉が心配そうに尋ねてきた。

「櫂を……友達を捜します。それから、関江にいるっていう学者の先生に会わなきゃ……」

「学者？」

「うん。桑州《そうしゅう》の遺跡のことを調べてる学者がいるらしいんです」

千尋がそう言ったとたん、麗玉が大きく目を見開いた。

「なんという学者ですか？　名前は？」

「いや……名前は知りません。でも、柏州の大学で教えてて、引退したらしいって聞きました」

千尋の言葉に、麗玉は何か思いあたるような顔になった。

短い沈黙の後、ポツリと言う。

「たぶん、うちの祖父のことだと思います。祖父も遺跡を研究する学者で、柏州大学にいましたから」

「え？　お祖父《じい》さんが？」

千尋は、身を乗り出した。

こんな形で、学者の消息がわかるとは思わなかった。

「ええ。流行病《はやりやまい》で二年前に亡くなりましたけれど……」

麗玉は、申し訳なさそうに答える。

千尋の心臓が、どくんと鳴った。

「亡くなった？　二年前？」

（嘘だろ……）

しかし、麗玉の顔は嘘や冗談を言っている顔ではない。

胸の鼓動が速くなってくる。

「ホントに……？」

麗玉が寂しげな目になって、小さくうなずく。

千尋は言葉もなく、ただ麗玉の顔を凝視していた。

関江に来さえすれば、すぐに遺跡を研究している学者に会えると思っていた。

自分に都合のいいように考えることで、「帰れないかもしれない」という不安を押し殺してきたのだ。

そうすることで、いつしか、学者に会えば、遺跡のこともわかるし、簡単に帰れるに違いないと思いこむようになった。

それなのに、肝心の学者がもうこの世にいないと言われた。

（櫂に……なんて言おう……）

麗玉は「ごめんなさい」というふうに、目を伏せてみせた。

「私の本当の家は金門山《きんもんざん》にあるんです。前はそこで祖父と暮らしていて……。今は、たまに祖父の遺《のこ》した本をとりに帰るだけなんですけれど」

「お祖父さんの本……？」

「ええ。関江で売って、生活の足しにしています」

恥ずかしそうに、麗玉が言った。

それほどに、生活は厳しいのだろう。

麗玉のような少女が、たった一人で生きていくのは容易なことではあるまい。

元婚約者と何があったのか知らないが、気の毒なことだと思った。

（お祖父さん以外に、身よりはいなかったのかな……）

念のため、尋ねてみたが、麗玉は遺跡のことについては何も知らないと言った。祖父は、麗玉の前では研究のことは口にしない人だったらしい。

千尋は肩を落とし、自分の両手を見下ろした。

呆気《あっけ》なく切れた手がかりの糸。

櫂は行方知れずだし、自分は無一文で、この先、どうしていいのかわからない。

そんな千尋の手に、そっと麗玉の手が触れてきた。

（え……？）

「元気を出して」というように、麗玉が微笑んでいる。清楚《せいそ》な顔には、哀れみと共感の色が浮かんでいる。

（優しい人だな……。みんなが思い描く桃花巫姫って、こんな感じなんだろうなあ。綺麗で清らかで、他人の痛みに敏感で……）

自分とは、ずいぶんな違いだ。

そもそも、男という時点で何か思いきり間違っている。

ため息をついて、千尋は顔をあげた。男として、あまり女の子に心配をかけてはいけない。

「ありがとう、麗玉さん……。ごめん。お祖父さんのこと、思い出させちゃって……」

「いえ……」

そう言ってから、麗玉は少しためらったようだった。

やがて、心を決めたのか、口を開く。

「もしかすると、氷輪さまなら遺跡の話を聞いているかもしれません。昔はよく家に来て、祖父の研究の話を聞いていたんです」

「え？　氷輪さまって……その……元婚約者？」

麗玉は微妙な表情を浮かべ、かすかにうなずいた。

婚約までして解消したということは、氷輪という男とのあいだに、それなりにつらいやりとりもあったのだろう。

あまり古傷をほじくりかえしたくないと思いながら、千尋は尋ねた。

「どこに行けば、会えるんですか？」

「関江で陳《ちん》氷輪と言えば、すぐにわかります」

「ちん……ひょうりん？」

麗玉が、手のひらに文字を書いて見せてくれる。

（関江にいるのか。どんな奴《やつ》なんだろう。化け物に憑依されてるって言ってたけど、会って話を聞ける状態なんだろうか）

「その……麗玉さんは話したくないかもしれねえけど、どんな人なんですか？」

「氷輪さまは、郡王《ぐんおう》のお血筋です」

「ぐんおう……って？」

「爵位を持つ領主さまのことです。でも、えらぶらないで、とても優しいかたでした」

（でした？　過去形？）

もう少し、陳氷輪の人となりについて訊こうとした時だった。

外の扉を乱暴に叩《たた》く音がした。

（え……？）

麗玉が、怯《おび》えたように身を強《こわ》ばらせる。

「巡検中だ。開けろ」

威圧するような男の声が、外から聞こえてくる。

「役人です。千尋さん、符券《ふけん》は？」

声をひそめて、麗玉が尋ねてくる。千尋は首を横に振った。

「いけません。あの人たちは、符券のない行客を片っぱしから捕らえて牢《ろう》に入れているんです。裏から逃げてください」

麗玉が素早く裏口のほうに移動しはじめる。千尋もそれにつづく。

裏口の扉のむこうには、夏の川辺が広がっていた。丈の高い雑草が、川に通じる小道を半ば覆い隠している。小道の左手に、粗末な家々が立ち並んでいるのが見えた。

「早く」と合図され、扉から飛び出した時だった。

カシャンと金属の音がして、千尋の真正面で二本の槍《やり》が交差された。

ハッとして見ると、金属の鎧《よろい》をつけた強面《こわもて》の男たちが五、六人立っている。どう見ても、兵士だ。

(なんだ、こいつら……⁉)

一瞬、何が起こったのかわからなかった。

乱暴に腕をつかまれ、ようやく事態が呑《の》みこめる。兵士たちは、裏口にも待機していたのだ。

「放せ!」

しかし、兵士たちは無表情のまま、千尋を引きずり、歩きだした。

「通報があったのは、この少年か」

「は……。間違いないようです」

頭の上で、事務的な会話がかわされる。

（通報？　なんのことだ？）

「放せ！　オレは何もしてねえよ！」

暴れる千尋の視界の隅に、麗玉が兵士と揉《も》みあっている姿が映った。

「やめて！　その人はちゃんとした人です！　符券は川でなくしただけで……！」

「うるさい！　不審者をかくまうと、おまえもしょっぴくぞ！」

バシッと頰《ほお》を打たれて、麗玉が地面に倒れこむ。

「やめろ！　麗玉さんにひどいことするな！」

「うるさい！　おまえは黙っていろ！」

今度は、千尋の頭に拳《こぶし》が飛んでくる。ガツンと衝撃があって、痛みに息が止まる。

「くっ……」

「千尋さん！」

つらそうな麗玉の瞳が、千尋をじっと見つめている。「助けられなくて、ごめんなさい」と言いたげな眼差《まなざ》しだ。

（麗玉さん……）

「頼む……。櫂に伝えて……。もし、会ったら……オレが連れていかれたって……」

言いかけた時、うなじに鈍い衝撃が走って、千尋の意識はそこで途切れた。

＊　＊

ガラガラという音と蹄《ひづめ》の音、それに不規則な揺れで、千尋は目を覚ました。

（え……？）

薄暗くて、一瞬、自分がどこにいるのかわからなかった。

数秒遅れて、木箱のような粗末な馬車のなかにいることに気づく。

殴られた頭とうなじが痛かった。

（思いきりやりやがって……。痣《あざ》できてんじゃねえのか……）

顔をしかめ、格子の入った窓から外をのぞくと、見知らぬ街が見えた。黒い瓦《かわら》をのせた漆喰《しっくい》の壁がつづいている。壁のむこうに、やはり瓦屋根の二階建ての建物が並んでいた。

櫂とはぐれ、自分の世界に戻る手がかりをなくし、そのうえ今度は役人に捕らえられてしまった。

陳氷輪とやらを捜す気力もない。

千尋はずるずると座りこみ、痛む頭を抱えこんだ。

（なんで、こんなことに……）

やがて、千尋を乗せた馬車は門士《もんばん》に護られた門をくぐり、建物の中庭に入った。

どこかで、犬が鳴いている。

＊　　＊

「入れ」

木の格子に造りつけられた分厚い扉が、千尋の背後で音をたてて閉まる。

押しこめられた房《へや》は床も天井も石で、広さは六畳あるかないか。隣の房とは、やはり太い木の格子で隔てられていた。

家具といえるものは竹の衝立《ついたて》と、寝台らしい粗末な木の台だけだ。台の上に畳んだ夜具《やぐ》が置かれている。

しばらく呆然《ぼうぜん》としていた千尋は、隣の房で誰かが動くのに気づいた。

（え？　誰かいる）

黒い袍を着た人影だった。背中まである漆黒の髪を前髪ごと首の後ろで結んでいる。

相手が気配に顔をあげ、こちらを見た。

（耀……！　やっぱり耀だ）

ホッとして、千尋は隣との境の格子に近づいた。

耀もまた、安堵《あんど》の表情を浮かべ、「無事だったのか」と瞳だけで尋ねてくる。

千尋は、小さくうなずいた。

「耀、怪我《けが》は……」

その時、耀がチラリと廊下のほうを見、千尋に黙れというような仕草をしてみせた。

廊下のほうから足音が聞こえてきたかと思うと、陰気な中年の獄吏《ごくり》が現れた。革鎧を着て、腰に鍵束《かぎたば》をぶらさげ、手に槍を持っていた。

獄吏は、千尋の房の前で足を止めた。

「今日の新入りは、おまえだけか。今から牢の規則を言うぞ。一度しか言わんから、よく覚えておけ。囚人同士の私語は禁止だ。歌ったり、怒鳴ったりしてはいかん。食事は二度、朝と晩だ。騒いだり、暴れた場合には食事はぬきだ。ただし、おまえには特別に三食出せと言われている。必要なものがあったら言うように」

獄吏は「わかったか」と千尋をねめつけてくる。

「あ……はい……」

(なんで、オレだけ特別なんだ?)

訊きたいが、理不尽な理由で怒鳴られそうな気がして、質問する勇気が出ない。

獄吏が「よし」と右をむくと、鍵束と反対側の腰に銀色の剣が見えた。

角灯の灯《ひ》を受けて、剣の細かな細工がキラキラ光っている。

(え?　あれ……耀の剣じゃん)

奪われてしまったのか。

チラリと隣の房を見ると、櫂は肩をすくめ、うなずいてみせた。身体検査されて、完全に武装解除されてしまったらしい。

そういえば、櫂は革鎧《よろい》も着ていない。これでは、脱出は難しい気がする。牢に入れられる時、身体検査されて、
千尋は、無意識に木の格子を握りしめた。

「あの……オレ、これからどうなるんですか？」

「さあな。そのうち、県令《けんれい》さまが決めてくださるだろうよ」

獄吏の声は、素っ気ない。

「けんれい……？」

たぶん、役職を示す単語なのだろうが、蓬莱の国のしくみはさっぱりわからない。

県令がどのくらいの地位なのかも、ピンとこない。

「県令も知らないのか。この関江県の役所で、一番お偉いかただ。お名前は陳氷輪さまといって、郡王のお血筋だ。お若いのにやり手だと評判だぞ」

獄吏の言葉に、千尋は目を見開いた。陳氷輪という名には、聞き覚えがある。

（麗玉さんの元婚約者じゃん……。役所の偉い人だったのか）

だが、化け物に憑依《ひょうい》された状態で、普通に働けるものなのだろうか。

そもそも、憑依されているというのは本当なのか。

「その……県令って、仕事してるんですよね？」

思わず尋ねると、獄吏は呆《あき》れたような顔になった。

「阿呆《あほ》か、おまえは。この関江の行政の長だ。忙しいに決まっているだろうが。おまえ、顔は綺麗だし、爪《つめ》も割れていないし、髪は艶々《つやつや》だし、どう見てもいいところの郎子《ぼっちゃん》だと思ったが、実は頭が空っぽで可愛いだけが取り柄の色子《いろこ》か？」

「色子じゃねえよ！」

色子というのは、この世界では色を売る男性のことだ。年若い少年が多いらしい。

だが、なぜ自分が色子あつかいされるのか、千尋にはよくわからない。

「そうか？　まあ、明日から取り調べが始まれば、わかることだ」

獄吏はつまらなそうに言い、壁にかかった角灯の炎を調節して立ち去った。

足音が遠ざかる。

やがて、左手のほうで鎖の鳴る音や扉の開閉する音がして、牢のなかは静かになった。

千尋と櫂以外に、囚人はいないようだ。

(行っちまったのか？)

どこからか風が吹きこんできて、角灯の明かりが揺れた。

獄吏がいなくなったのを確認して、櫂が格子の側に駆けよってきた。

「千尋」

「櫂……！」

千尋も格子に走りより、隙間《すきま》から手をのばす。

櫂の指が千尋の指を強くつかんだ。互いの温《ぬく》もりにホッとして、涙が出そうになる。

（よかった……！）

「無事だったか、千尋？　どこも怪我していないか？」

「うん。大丈夫だ。櫂はいつから、ここにいるんだ？」

「三日前だ」

櫂の話では、やはり岸辺に流れついた後、符券がないので捕らえられたらしい。

今、関江のあたりは、よそ者の取り締まりがかなり厳しくなっているという。

「おまえが溺れたかと思って、本当に心配した。よかった……千尋」

櫂の瞳が、包みこむように優しくなる。

「オレも……。櫂にもう会えねえかと思った」

「バカだな。おまえを置いて逝《い》ったりしない」

そう言われて、急に胸がつまった。

（櫂……）

「逝くとか言うな。冗談でも、ものの例えでも……！」

普通にしゃべろうとしたのに、声が湿ってしまう。

千尋はうつむき、どこか痒《かゆ》いふりをして顔をこすった。

穏やかな櫂の声が聞こえてくる。

「捕まるまでのあいだ、どこにいたんだ?」

「なんとかって川の近くの漁村だと思う。オレ、川岸に打ち上げられてるところを、知らない女の子に助けてもらったんだ。三日くらい熱出してて、看病してもらったらしい」

櫂はわずかに眉根《まゆね》をよせ、千尋の顔をじっと見た。

「女の子?」

「うん。十七、八ってとこかな。柳麗玉さんっていう名で、すごい美少女だった」

櫂は「ほう」と言いたげな目になった。あきらかに、面白くなさそうな顔をしている。

「美少女の看病か。それはうらやましいな」

「なんだよ。変なこと言うなよ。……それより、櫂、その麗玉さんだけど、オレたちが探してる学者の孫だったぞ」

「本当か?」

櫂が真顔になって、格子をつかんだ。

「うん。でも、その学者、死んじゃってた……」

悪いニュースを伝えるのは、つらい。

「そうか……。死んでいたか」

耀も目に見えて、暗い表情になった。

「あ、でも、麗玉さんの話では、遺跡のことはこの関江の県令が知ってるかもしれねえって」

慌てて、千尋はつけ加えた。

「県令が？」

「うん。麗玉さんの元婚約者で、化け物に憑かれてるって話だけど……」

千尋は、耀に麗玉との会話を話した。

桃花巫姫に助けをもとめたいと麗玉が言っていたことを伝えると、耀は「それは大変だな」と苦笑したようだった。

「ホントだよ。オレ、化け物退治なんかできねえしさ……。だけど、オレたち、帰るためにはその化け物になってる県令に会わなきゃいけねえんだよな。最低だな」

「そもそも、会えるかどうかわからないぞ。こういう状態だからな」

冷静な耀の声に、千尋はあらためて、自分たちが置かれている状況を思い出した。

側にいて話はできるとはいえ、二人とも牢のなかに囚われ、明日がどうなるかもわからない。

（そうだよな……状況が最悪なんじゃん）

不安がどっと押しよせてくる。

そんな千尋の心を読みとったのか、櫂がなだめるような声で言った。

「符券がなくても、いきなり殺されることはないはずだ。関江は治安が悪いが、そこまで無法地帯でもない。普通の段取りなら、出身地の役所に問いあわせて、符券を再発行してもらうことになる。まあ、俺の符券は偽造だから、再発行どころじゃないんだが」

「じゃあ、やばいだろ……。どうするんだよ？」

ますます不安な気持ちになってくる。

「安心しろ。役所に問い合わせるだけでも、どんなに早くても三日や四日はかかる。お役所仕事で後回しにされたら、一週間以上かかることもある。そのあいだに、また逃げだすチャンスもできる。大丈夫だ。かならず、ここから出してやるから」

櫂の声は、優しい。

そんなふうに言うからには、きっと何か方法を考えてくれているはずだ。

「うん。一緒に帰ろうな、櫂……」

望みの糸は、まだかろうじて関江の県令につながっている。

「ああ」

微笑んで、櫂は格子のむこうで腰を下ろした。

千尋も格子に身体を押しつけ、できるだけ櫂に身をよせて座った。

櫂がこちらを見、瞳だけで笑う。

「明日の取り調べの打ち合わせをしておこう。何か訊かれたら、二人とも臥牛から来た学生だと答えるんだ。関江に来たのは例の学者に会って、科挙《かきょ》の勉強をみてもらうためだ」

「うん」

「桃花巫姫の件は、バレないようにしろよ」

「わかってる。絶対言わねえ。……でもさあ、オレたちの名前、どう考えてもこっちの世界のじゃねえだろ。一発で蓬莱の人間じゃねえってバレねえ？」

「俺は偽名を使っている。姓が安《あん》で、名は晴明《せいめい》だ。符券も偽名で作ってある。人前では、燿と呼ぶなよ」

手回しのいいことだ。だが、なぜ安晴明なのかわからない。

それを尋ねると、燿はあっさりと答えた。

「安倍《あべの》晴明から倍をとった。覚えやすいだろ」

「そうかぁ？」

「とっさに中国っぽい名前が思いつかなくてな。孫悟空《そんごくう》だの猪八戒《ちょはっかい》だの太公望《たいこうぼう》だの亀仙《かめせん》人《にん》ってわけにはいかんだろう」

(だから、なんで、そこで安倍晴明が出てくるんだよ)

燿の考えることは、よくわからない。

「オレも偽名つけたほうがいいのかな。でも……思いつかねえや」

頭をひねってみても、麻婆豆腐《マーボーどうふ》や烏龍茶《ウーロンちゃ》といった単語しか思い浮かばなかった。

(えーとお中華っぽい名前、名前……と)

「そうだな……。紅雪《こうせつ》というのはどうだ?」

少し考えて、櫂が言った。

「こうせつ?」

「紅の雪と書く。桃の花の別名だが」

「えー? やだよ、そんなお耽美《たんび》な名前。せっかく偽名つけるんなら、もっとかっこよくて強そうなのがいい。『戦国無頼』とか『三国無頼』に出てくる豪傑《ごうけつ》みたいなやつ」

無頼シリーズは、有名な格闘ゲームだ。人気があって、五作目か六作目まで作られている。

「豪傑……? おまえな。自分のキャラを考えろ」

呆《あき》れたように、櫂が言う。千尋は、口を尖《とが》らした。

「えー? いいじゃん。関羽《かんう》とか趙雲《ちょううん》とかさあ」

「却下《きゃっか》だ」

「ランボーとかジンギスカンとか」

「せめて漢字にしろ」

ため息をついて、櫂は格子によりかかった。かなり脱力している。

「るせーな。中国っぽい漢字の偽名なんて、思いつかねえよ。……えーと……童童《トントン》とか飛飛《フェイフェイ》とか雄浜《ユウヒン》とか？」

「ぜんぶパンダの名だな。おまえがそれでよければ、俺はかまわんぞ」

言われて、千尋は少し考えた。雄浜と名乗るのはちょっと悲しい。

「紅雪でいいです」

我慢できなくなったのか、耀が吹きだした。

つられて、千尋も笑いだす。

他愛《たわい》ない会話で笑える自分たちが、うれしかった。

思えば、あのまま川で溺れ死んだり、どちらかが行方知れずになる可能性だってあったのだ。

牢のなかとはいえ、バカ話ができる今の状況はまだそんなに悪くはないのかもしれない。

耀が「おまえといると、本当にしっくりくるな」と呟く声がした。

（おまえがいてくれてよかった……耀）

一人だったら、どんなにか不安で怖《おそ》ろしかったことだろう。

耀が隣にいるだけで、叫びだしもせず、落ち着いて座っていられる。

たとえ、家族が側にいなくても。

（そうだ。父さんたち、どうしてるかな……。あれから、一ヵ月くらいたったのか）

むこうの世界では、そろそろゴールデンウィークが始まっている頃だろう。

「なあ、櫂……変なこと訊くけど」

少しためらって、千尋は口を開いた。

「うん？　なんだ？」

「あのさ……ずっと疑問に思ってたんだけど、オレたち、むこうに戻ったら、こっちでのこと忘れちまうのかな」

翼龍に乗って飛んだ得難《えがた》い経験や、遮るもののない広い空と地平線に感動したこと、流星雨の迫力、蓬莱で出会った人々のこと。

闇《やみ》のなかに浮かびあがった瑞香の白い花や、美しい神獣たちのこと。

あれらは、何もかも記憶のなかから消えるのだろうか。

それとも、日ごとに夢のように朧《おぼろ》になり、実感が湧《わ》かなくなっていくのだろうか。

「そうかもしれない」

呟く櫂の横顔は、どこか悲しげだった。

蓬莱国で過ごした五年という時間のぶんだけ、櫂にとっては重い質問だったかもしれない。

（戻れるのかどうかも、まだわかんねえけど……）

こちらの世界で死ねば、むこうで目が覚めるのだろうか。

それとも、死んだら帰れないままなのか。

「おまえだったら、記憶が消えるのと消えないのと、どっちがいい？」

ふいに、静かな瞳で櫂が尋ねてくる。

「わかんねえ……」

「もしも、帰った後で蓬莱での記憶が綺麗に消えるとしたら、おまえはどうする？」

妙に真剣な口調に、千尋は首をかしげた。なぜ、そんなことを訊くのだろう。

「なんだよ、それ？　どうって言われても……。べつにどうもしねえけど……」

「何か勇気を出して、この世界でやっておきたいことはないのか？」

「えー？　酒飲んだり煙草吸うのは二十歳《はたち》になってからって決めてるし、犯罪はよくねえし……。パンダの腹枕《はらまくら》で昼寝とか？　あ、でも、これは忘れねえほうがいいな」

考え考え答えると、櫂は「やれやれ」と言いたげな顔になった。

「おまえな……小市民だな」

「悪かったな。じゃあ、櫂はなんかあんのかよ？　小市民じゃねえ、ビッグでクールでゴージャスな野望が」

少しカチンときて言い返す。

短い沈黙の後、櫂が何かを押し殺すような表情で呟いた。

「俺の野望は、ささやかだ」

「やっぱ、ささやかなんじゃん。他人のこと言えるのかよ」

千尋は、ふふんと笑った。

「だが、全世界より重いな。俺にとっては」

「……なんだよ？　その野望ってやつは？」

「いっぺんでいいから、抱きたい奴がいる」

よく響く美声が、妙に艶《なま》めかしくなった。

「へ……へえー……そうなんだ」

一緒になんでも経験し、なんでも話し合ってきた二人だったが、そういえば、恋愛のことだけは例外だった。

思春期に入った頃、櫂はいち早く、当時の彼女と経験をすませてしまったらしい。

しかし、千尋にはその報告はなかった。

櫂は他の友人たちとは普通に猥談《わいだん》もしていたが、千尋が近づくとさりげなく話題を変えてしまう。

以前は特に気にも留《と》めていなかったが。

一緒に風呂《ふろ》に入らなくなったのも、あの頃からだったろうか。

「でもさあ……むこうに帰ったら、忘れるって前提だろ？　それ、虚《むな》しくねえ？　えっちした相手だって、かわいそうだろ」

「そうだな。だから、手は出さないつもりだ」

櫂の瞳の色が深くなる。誰のことを想《おも》って、そんな顔をしているのだろう。

(好きな奴……こっちの世界にいるんだ)

思いがけず、ショックを受けて、千尋は目を伏せた。

五年もいれば、恋くらいする。

当たり前のことかもしれないが、なぜだか寂しい気がした。

(そこまで大切に想ってるんだ……。オレより大事な奴なのかな。……しょうがねえよなあ。しょせん、幼なじみと恋人じゃ次元が違うし……)

考えこんでいると、ふいに櫂がボソリと言った。

「おまえはいないのか？　寝てみたい奴とか」

「何言ってんだよ！　いるわけねえだろ！」

(はあ？　大丈夫か、櫂!?　寝てみたい奴なんか……)

一瞬、脳裏に櫂とそっくりの覇王《はおう》の顔が浮かんだ。

——そなたの役目は、余を愉《たの》しませることだ。この身体《からだ》でな。

強引で意地悪で、自分を寵童《ちょうどう》にすると勝手に決めてしまったくせに、最初の夜をのぞいては自分に触れてこようとしなかった王。

――桃花、そなたが好きだ。

とろけそうに優しい瞳でささやいた青年を思い出す。

千尋は、ぷるぷると頭を振った。

(なんで、あいつの顔が出てくるんだっ⁉　……っていうか、あいつの顔だけど、耀の顔じゃん！　やめろ！　やめろ！)

千尋は耀の不審そうな視線に気づき、耳まで真っ赤になった。

強引にキスされてしまったせいで、蓬莱王のことを思い出すと変に耀のことも意識してしまう。

(やめろー！　耀の顔も正視できなくなるじゃねえか！　消えろ！)

たとえ、帰ったら記憶がなくなる保証があったとしても、蓬莱王とそういう関係になるのはごめんだった。

(そもそも、男だし！　なんか変なことしたら、耀の顔見た時、絶対、思い出すし！)

「だ……だいたい、こっちの世界じゃ、オレ、ほとんど知り合いいねえだろ。姜尚《きょうしょう》さんと叔蘭《しゅくらん》さんと芳芳《ほうほう》ちゃんと……って、みんな男じゃん！」

李《り》姜尚は、千尋がこの世界で最初に助けてもらった好漢である。臥牛の柏州大学の学生で、王に抵抗する地下組織、長風旅団《ちょうふうりょだん》の指導者でもある。

芳芳は、その姜尚が溺愛《できあい》する大熊猫《おおくまねこ》だ。

「芳芳は……あれは牝《めす》かもしれないぞ。パンダの性別は俺はわからんが」

「牝でもパンダじゃしょうがねえだろ！　オレは最低限、相手は人間がいい！」

ムキになって言い返すと、耀が笑いだした。

「可愛いな、千尋は」

その声に髪をくしゃっとつかまれたような気分になり、千尋は目を細めた。

格子で隔てられていても、優しい気配に抱かれているようだ。

（耀、大好きだ……）

たとえ、耀にほかに好きな人がいても、抱きたい相手がいても、幼なじみとしての自分の居場所はまだ耀のなかにあるのだろう。

たとえ、耀が五年先に進んでしまっていても。

「耀……オレたち、ずっと友達だよな」

甘えるように尋ねると、耀は何かを押し殺すような目をして、黙りこんだ。

それもほんの数秒。

やがて、静かな声が返ってきた。

「ああ、友達だ」

それきり、耀は黙りこんでしまった。

＊　　＊

翌日の朝食の後、千尋たちは獄吏から間もなく取り調べのために、牢の責任者――典獄《てんごく》がやってくると聞かされた。

「典獄さまには、失礼のないようにな」

言いながら歩いてきた獄吏が、糴の房の前で足を止めた。

「なんだ、おまえ？　どうして毛布をかぶっている？」

「風邪をひいて、寒気がするんだ」

ボソボソと糴が答える。蓬萊王と瓜二《うりふた》つの顔を隠すための言い訳だ。

典獄が王の顔を知っているかどうかはわからないが、そうしようと昨夜、二人で話しあって決めた。

「む……。風邪か。吐き気はどうだ？　吐き気はないいな。なら、いい。くれぐれも無礼なことは言うなよ」

「わかっている」

その時、牢の外から複数の足音と金属がガチャガチャ鳴る音が近づいてきた。

（来たか……）

取り調べで、何を訊かれるのだろう。

千尋は、無意識に全身を緊張させた。櫂と自分の偽名を頭のなかで、再確認してみる。

ほどなく、左手のほうから、鎧《よろい》を身につけた兵士たちが四人現れた。みな、槍を持っている。

獄吏が兵士にむかって、腰をかがめてみせる。

「朝早くから、ご苦労さまです。囚人は大人しくしています。典獄さまは……」

「典獄は来ない」

兵士の一人が言った。

その背後に、鮮やかな緑の袍の青年が立った。

(え……?)

千尋は青年の身体を上から下まで見、二、三度、目をこすった。

どう見ても人間には見えなかった。

目がギョロリとしていて、頬が膨《ふく》らんでおり、眉《まゆ》が薄く、口が大きい。

太っていて、腹がぽっこり出ているせいなのか、その姿はひどく蛙《かえる》に似ていた。

肌の色は青白く、髪は緑がかった黒で、瞳は黄緑色。手の指と指のあいだには水かきのようなものが見えた。右手の薬指に、ひどく不似合いな紅玉をはめこんだ金の指輪が光っている。

腰には、深緑の印綬《いんじゅ》を帯びていた。千尋にはわからないことだったが、それはこの青年が高い身分の官吏《かんり》である証だった。

(あいつ、何者だ？　なんか、今にもケロケロって鳴きそうな顔してるんだけど……。指も水かきついてねえ？　オレの目の錯覚か？)

獄吏が恐れ入ったような様子で、異相の青年にペコペコと頭を下げる。

「これはこれは、県令《けんれい》さま、まさかこのような場所においでになるとは……。このようなむさ苦しい場所に」

青年は紅玉の指輪をはめた手をあげ、獄吏を黙らせた。尊大な仕草だ。

(県令？　県令って言ったか、今……？　まさか、こいつが麗玉さんの元婚約者？)

あまりのことに、千尋は呆然として青年を凝視した。

これは、化け物に憑依されたというレベルの話ではない。

(こいつが化け物なんじゃん。……それとも、憑依されると外見も化け物になっちまうのか？　だいぶ進行してるみてぇだけど)

隣の房で、櫂も驚いたような顔をしている。

青年のギョロリとした目が、牢のなかの千尋にむけられる。

「五爪龍《ごそうりゅう》の指輪の所持者は、卿《きょう》か。なるほど。常民《じょうみん》には見えぬな」

(指輪……!?)

千尋はドキリとして、自分の胸もとを探った。

そこに革紐《かわひも》でぶらさげてあったはずの指輪はどこにもない。

（やべえ。いつの間にとられちまったんだ……）

ザッと血の気がひく。

五爪の龍は、蓬莱王の一族、龍王家の紋《しるし》だ。

千尋はその指輪を寵童の証として、蓬莱王その人からもらった。

指輪を見せれば、後宮をのぞく王宮――鵬雲宮《ほううんきゅう》のほとんどの場所に自由に出入りできると言われた。

五爪龍の指輪のことは櫂にも話さず、こっそり隠し持ってきた。

親友に、王との関係を疑われるのは嫌だったからだ。

しかし、指輪を捨てる度胸はなかった。

櫂以外に頼る者もないこの世界で、五爪龍の指輪は、使う気になれば、トランプのジョーカーなみの威力を発揮するだろうと思ったからだ。

いつか、櫂を救うために王の威を借りる時が来ないともかぎらない。

だが、指輪を持っているということは、王の寵童という立場を受け入れた証になる。

そのことに今まで気づかなかった自分を呪《のろ》いながら、千尋は必死に考えをめぐらせた。

（どうしよう……。蓬莱王には、ちゅーされただけで何もされてねえけど……。でも、そんなこと言っても信じてもらえそうにねえし……)

焦《あせ》りと不安で、胃がキューッと痛くなってくる。

千尋は「落ち着け」と自分に言い聞かせた。

単に五爪龍の指輪と言われても、櫂には意味はわからないはずだ。

(寵童って言わなきゃいいんじゃん。言うな。頼む)

青年が懐《ふところ》から革紐ごと銀の指輪をとりだし、格子のむこうでぶらさげてみせた。指輪にそって、ぐるりと龍が巻きついている。

「これが卿の指輪だ」

「そんなもの……知らねえ」

「またまた、ご冗談を」

青年は、ゲッゲッと怪しげな声をたてて笑った。

「私は姓は陳、名は氷輪《ひょうりん》と申す。主上の寵童とも知らず、数々のご無礼、お許しいただきたい。卿を誤って捕らえた役人は、厳重に処分するつもりだ」

陳氷輪は、千尋にむかって慇懃《いんぎん》に一礼してみせた。

(寵童って言った……。言いやがった……。どうしよう。櫂、意味わかるかな)

恐る恐る隣の房を見ると、櫂は毛布の下から暗い瞳でこちらを見ていた。

あきらかに、五爪龍の指輪の意味がわかった顔だ。

（もうダメだ……）

きっと、櫂はショックを受けたろう。

指輪のことを黙っていた自分に、裏切られたと思ったかもしれない。

「オレは……寵童なんかじゃ……」

小さな声で呟くと、氷輪が意外そうな表情になった。

「ほう？　主上の寵《ちょう》を賜《たまわ》ったことを誇りに思っておいでではないのか。恥ずかしがることはないぞ。五爪龍の指輪は、卿が主上の御心《みこころ》をしかと捕らえている証よ。それ、その細い腰でな」

氷輪は、またしても喉の奥でゲゲッ……ググッ……と怪しい音をたてた。

周囲の兵士や獄吏は氷輪の異様な姿を見、鳴き声を聞いても顔色一つ変えない。

（なんだよ、こいつ……。変なこと言うなよ……）

いたたまれない思いで、千尋はうつむいた。

「寵童殿のご身分は確認した。だが、そちらの男は寵童殿の護衛や従者ではないな。符券も持たず、近隣の坊門に出入りの記録もない。そのうえ、これを持っていたと聞く」

氷輪は、櫂の剣をすっと持ちあげた。獄吏から召し上げていたらしい。

「この剣はただの剣にあらず。一度、鞘走《さやばし》らせれば、刀身が霧を吐き、露を滴《したた》らせ、血と脂を流し去る。天下に二つとない名剣よ。名は破軍剣《はぐんけん》という。なぜ、そなたがこのようなものを持っていた？　寵童殿を後宮からかどわかす時、一緒に奪ってきたものか」

（名剣……？　なんで、そんなの持ってるんだよ。自分で働いて買ったとか言ってなかったか？）

訊きたいけれど訊けなくて、千尋は呆然と櫂のほうを見た。

櫂は無表情のまま、答えない。

「だんまりか。……まあ、よかろう。いずれ、時間をかけて白状させてくれよう。この囚人は我が屋敷の牢に運べ」

「は……」

「以後、詮索《せんさく》は不要である。なお、寵童殿は我が屋敷にて歓待いたす。……さあ、お連れしろ」

氷輪が、獄吏と兵士たちに合図した。

獄吏が氷輪に何度も頭を下げながら、牢の鍵を開く。兵士たちが踏みこんできた。

「こちらへ、寵童さま」

「そんな名で呼ぶな！　放せ！　やめろ！」

千尋は、肩や腕をつかむ兵士たちの手を振り払おうとした。

その時、身体がぐらりと揺れた。

（え……？）

頭がぼーっとしてきて、膝《ひざ》に力が入らない。何かがおかしい。

「念のため、朝食に薬を盛らせていただいた。効き目はじきに切れるが、迂闊《うかつ》に暴れると怪我をしますぞ」

氷輪が冷ややかな声で言った。

「薬……⁉」

千尋は霞《かすみ》がかかったような頭で、懸命に記憶をたどった。

朝、食べたのは雑穀の粥《かゆ》と甘辛い具の入った蒸《ふ》かしたての饅頭《まんじゅう》だった。櫂には粥しかあたえられなかった。

饅頭を半分、櫂に分けてやりたかったが、獄吏の目があって、それもできなかった。

（あの饅頭かよ……！）

こんな世界で、無警戒にものを口に入れた自分はなんと愚かだったのだろう。

なんの裏もなく、自分だけ特別あつかいしてくれるはずはなかったのに。

「害はない。ただの眠り薬だ。目が覚めた時には、何もかもよくなっていますぞ」

「よ……くも……」

暴れたいのに、身体が思うように動かない。兵たちに担《かつ》がれても抵抗できなかった。

牢を出て、石の廊下を移動しはじめた時だった。

「紅雪！」

背後で、燿の声がした。

振り返ると、牢の格子のむこうに燿が立っていた。

燿は暗い瞳でこちらを見つめてくる。

（燿……）

千尋は、弱々しく唇を動かした。

「か……晴明。ごめん……。言えなかったんだ……どうしても……。隠すつもりなんかなかった……」

誤解されたまま、別れ別れになりたくない。

燿に嫌われたくない。

生まれて初めて、そんなことを思った。

小さな頃から燿は側にいて、いつも自分のことを好きでいてくれた。

なんの疑いもなく、この友情は永遠につづいていくと信じていた。

それなのに、自分が王に捕らえられ、寵童にされたことで、燿に見捨てられるとしたら、たまらなかった。

（そうだ。オレ、もう燿の一番じゃねえんだ。燿にはほかに好きな奴がいる……この世界に）

そう気づいたショックで手が冷たくなり、小刻みに震えはじめる。

「オレは……何もされてねえ……。本当だ……」

だから、見捨てないでほしい。

しかし、櫂は千尋の視線を避けるようにうつむいてしまった。

絶望的な気分で、千尋は顔を覆った。

しだいに目の前が白っぽくなり、よく見えなくなっていく。

（櫂……）

「丁重に運べ」

「は……」

身体がゆらゆら揺れて、どこか遠くに運ばれていくのがわかる。

夢とも現《うつつ》ともわからない状態のなかで、千尋は薄暗い廊下の隅に悲しげに立つ純白の小さな獣を視た、ような気がした。

獣は子山羊《こやぎ》ほどの大きさで、額に申し訳程度の角がある。勿忘草色《わすれなぐさいろ》の瞳が、物言いたげにじっとこちらを見ている。

臥牛で千尋が助けた、この柏州の神獣だろうか。

たしかめたいが、もうその力もない。

「か……い……」

閉じた千尋の目蓋から、つっ……と涙が流れ落ちた。

第二章　金門山《きんもんざん》へ

千尋《ちひろ》は、ぼんやりと意識を取り戻した。まだ頭がはっきりしない。

（嫌な夢……みてた……）

夢の内容は覚えていない。ただ、自分が泣いていたのだけ覚えている。

しだいに、見知らぬ薄暗い房《へや》に寝かされているのがわかってくる。背中にあたる布団《ふとん》は
ふんわりとやわらかな絹で、固くてチクチクする藁《わら》布団ではない。

黒い天蓋《てんがい》から紅の紗《しゃ》の帷《とばり》が垂れ下がっている。

その布のむこうに、燭台《しょくだい》を手にした氷輪《ひょうりん》が立っているのが見えた。

爬虫類《はちゅうるい》のような瞳《ひとみ》が、冷ややかに自分を見下ろしている。

「ここ……は……？」

かろうじて唇を動かすと、氷輪が薄い眉《まゆ》をあげた。

「我が屋敷だ。薬がまだ効いている。安心して眠られよ」

「か……晴明《せいめい》は……？」

「あの若造ならば、庭の牢《ろう》に閉じこめてある。生かすも殺すも卿《きょう》の出方一つだ」

(人質にする気か……?)

もっと櫂《かい》の情報を手に入れなければと思う。

けれども、薬のせいなのか、目蓋《まぶた》が重く、しだいに泥のような眠りに引きこまれていく。

薄れゆく意識のなかで、千尋は氷輪と誰かの会話を聞いた。

「眠ったようですよ。王の寵童《ちょうどう》とは、思わぬものが転がりこんできましたな」

これは、氷輪の声だろう。それに千尋の知らない老婆の声が答えている。

「髪も肌も綺麗《きれい》だねえ、和子《わこ》や。身体《からだ》に傷一つないよ。霊気も綺麗だ。聞くところによると、王はこの新しい寵童に入れあげて、政務をおろそかにし、離宮に籠《こ》もりっきりだったそうだね」

老婆は、ゲッゲッと怪しげな声をたてた。笑っているのか、鳴いているのか、よくわからない。

「ふん……たしかに麗《うるわ》しいですね。国を傾ける美貌《びぼう》とは、こういうものでしょうか、母上。王が血眼《ちまなこ》で捜すわけもわかります」

「捜しているのかえ?」

「はい。特に柏州《はくしゅう》を名指しして、五爪《ごそう》龍《りゅう》の指輪を持つ少年を発見したら、ただちに報告するようにとのお達しです」

「もったいないことだねえ。せっかく、こんなに綺麗な霊気なのに。喰《く》えば、さぞかし寿命がのびるだろうにねえ」

舌なめずりするような気配と、母子の含み笑い。

（やべえ……。二人とも妖怪《ようかい》だ。オレ、食われる……）

これは悪夢なのだろうか。それとも、現実なのか。助けを呼ぼうにも、声も出ない。

「母上、召し上がっていただきたいのはやまやまですが、この美童に傷一つでもついたら、我らの命はないでしょう。素直に王に引き渡し、褒美《ほうび》をもらうのが上策かと」

「そうかえ。残念だね。……おや、目蓋《まぶた》が動いた。目が覚めているようだよ」

「大丈夫。眠っておりますよ」

ククク ッと笑う声が遠ざかっていく。

なんとも言えない、生臭い風が吹いたようだった。

（なん……だ……？　今の……）

千尋は懸命に目を開こうとした。

しかし、睡魔には勝てず、何もわからなくなっていった。

＊　　＊

柏州《はくしゅう》と蘭州《らん》をへだてる金門山《きんもんざん》。

その山間《やまあい》を白い蛇《へび》のようにくねりながら、街道が南から北へのびていく。

やがて、街道は金門山の山麓《さんろく》に広がる関江県《かんこうけん》の県城《けんじょう》へ至る。

県城の周囲には田園と小さな坊里《むらざと》が点在し、その坊里のなかを柏州の大河、流花川《りゅうかせん》が滔々《とうとう》と流れていく。

坊里の人々が「街」と呼ぶ場所が県城だ。

そこには大きな市がたち、賑《にぎ》やかな店が軒を連ねている。

市中を見下ろす高台には、この関江県全域をおさめる県令《けんれい》の屋敷が建っていた。

屋敷は贅《ぜい》を尽くした造りで、蒼穹《そうきゅう》にそびえる四層の高楼《こうろう》には黄金の瓦《かわら》が煌《きら》めいている。

二重の塀に囲まれた広大な庭には蓮《はす》の池があり、そのまわりに四阿《あずまや》や蔵、陳家《ちんけ》が買い集めた妖獣《ようじゅう》たちの厩舎《きゅうしゃ》などが建っている。

そんな屋敷の庭を夕闇《ゆうやみ》にまぎれて、一人の少年が忍び足で歩いていた。

栗色《くりいろ》の髪とはしばみ色の瞳、華奢《きゃしゃ》な身体を包む朱色の袍《ほう》。

小松《こまつ》千尋である。

夕食の後、見張りの隙《すき》をみて、軟禁されていた房《へや》からぬけだしてきたところだ。

（もっと暗くなるまで待ったほうがよかったかな。でも、そうすると逃げられるかどうかわかんねえし。とにかく、燿を見つけなきゃ……）

役所の牢からこの屋敷に連れてこられて、五日が過ぎている。

表向きは県令の賓客《ひんきゃく》あつかいであり、用意された房も立派な客室だった。三食とも、宴会のように豪華な食事が出てくる。

王の寵童が望めば、たいていのことはかなえられるようで、千尋が「こうしてほしい」と言ったことは即座に実行された。

ただ、屋敷の外に出ることだけは許されなかった。監視されているので、外部との連絡もとりようがない。

庭の牢に入れられているという燿の様子もわからなかった。

（燿……大丈夫なんだろうか。ひどいことされてねえよな……）

せめて、牢の外からでいいから会いたいと言ってみたことがあるが、断られた。

夜中に聞こえた怪しい会話は、あれ以来、一度も聞こえてこない。

千尋もあの老婆と氷輪の会話が夢だったのか現実だったのか、自信がなくなってきていた。

氷輪がご機嫌うかがいに来た時に、さりげなく、お母さんはどうしているのか尋ねてみたことがある。

その時、氷輪は「母は体調を崩していて、やはり具合の悪い父と一緒に離れの楼で療養している」と答えた。

それが本当なのかどうなのかは、わからない。遺跡のことも訊《き》く機会はなかった。

捕らえられてから、ずっと表面的には穏やかな日々がつづいていた。

だが、今朝、県令がやってきて「行方不明の寵童殿を発見したとご報告したところ、主上はたいそうなお喜びであったそうだ。お迎えは、五日後に到着するので、心しておかれよ」と言った。それで、千尋の心は決まった。

王からの迎えがくれば、強制的に王都に連れ戻されてしまう。

もう一刻の猶予《ゆうよ》もなかった。

あきらかに無茶ではあったが、千尋は一《いち》か八《ばち》かの勝負に出ることにしたのだ。

（櫂をなんとかして助けださなきゃ……。これが最初で最後のチャンスかもしれねえ）

けれども、役所の牢を出る時、最後に見た櫂の暗い表情を思い出すたびに勇気が挫《くじ》けそうになる。

寵童だということで、王側の人間だと思われていたらどうしよう。

それでも、なんとか誤解を解いて、王とは何もなかったと伝えねばならない。

たとえ、耀が自分のことを嫌いになっていたとしても。

千尋は迷いをふりきるように大きく息を吸いこみ、駆けだそうとした。

その時、薄明かりのなかで朱色の袍の裾《すそ》から黒っぽい小さな影が落ち、地面を転がって草のなかに消えていくのが視《み》えた。

（うわ……！）

千尋はびくっとなって足踏みし、袍の裾をばさばさと振ってみた。それ以上、影は落ちてこない。

気味の悪い思いで、千尋は自分の腕をこすった。少し鳥肌が立っている。

「な……んだよ……今の……」

この屋敷には、ところどころ異様な冷気が漂っている場所がある。

氷輪の父母が療養しているという四層の高楼の側《そば》や、氷輪の私室の前、それに廊下の突き当たりや階段の下、玄関の側などだ。

そういう場所では、頻繁に黒い影を目にする。病気になっている使用人が多いという話も耳にした。

県令が化け物だから、自然と陰《いん》の気が集まってくるのだろうか。

（こんなとこ、いつまでもいられねえ。なんとかしなきゃ……ホントに）

千尋はもう一度、袍の裾を振り、何も落ちないのを確認して、走りだした。

県令の屋敷のまわりには、二重の塀がめぐらされ、門が三つ作られている。

千尋は正門を避け、西にある通用門にむかった。櫂の牢があるとすれば、通用門のむこう、二つの塀の内側の空間だろうと考えたのだ。

＊　＊

通用門へつづく道の途中に大きな池があり、用水路の畔《ほとり》に太い松の木が植えられている。

松の木の側には、由緒ありそうな石碑が夕闇に白く浮かびあがっている。

さらにその先、数十メートルのところに通用門があるが、やはりと言うべきか、門の前には若い門士《もんばん》が棒を持って立っていた。

（やっぱ、門番いるよなあ。ほかに道はなさそうだし……。正面突破しかねえのか？）

しかし、武器もなく、体術の経験もない自分に門士を倒すことはできそうにない。

困っていると、ふいに通用門の外のほうから男の怒鳴り声が聞こえてきた。

（ん？）

門士があたりを見まわし、通用門から出て、外側の塀にそって移動していった。

（よし。この隙に）

千尋は足音を忍ばせて通用門を出て、茂みに隠れながら、二重の塀の内側を移動しはじめた。

しばらく歩くと、行く手に彫刻をほどこした立派な門が見えてくる。

門扉《もんぴ》は開いており、髭面《ひげづら》の門士と若い門士が誰かを小突いていた。騒ぎの源は、ここらしい。

「毎回毎回、しつこい女だ。いい加減、若さまのことはあきらめろ！」

髭面の門士が、脅すような声で言う。それに対する相手の返事はなかった。

「そんな顔をしても無駄だ。若さまが化け物にとり憑《つ》かれたなどと、嘘八百《うそはっぴゃく》を書きつけた立て札を立てたのはおまえだろう！　街でいい物笑いの種だぞ。とっとと失《う》せろ！」

（え？　化け物？）

思わず、千尋は耳をそばだてた。

争う物音がして、平手で殴るような音と小さな悲鳴が聞こえてきた。

「これに懲《こ》りたら、もう来るな。次に来たら、県令さまを侮辱したかどで典獄《てんごく》に引き渡すからな！」

気になって物陰からこっそりのぞくと、門士が怒鳴りつけているのは黒髪の少女——麗《れい》玉《ぎょく》だった。

（麗玉さん……！）

恭《きょう》の里から関江まで、千尋も馬車に揺られて長い時間がかかったのだ。

あれだけの距離を女の子が歩いてきたのか。

たしか、魚を売りにくると言っていたが、決して楽な距離ではないだろうに。

麗玉は打たれたらしい頬《ほお》を押さえ、うつむいている。

その時、麗玉が千尋の視線に気づいたのか、こちらを見た。

少女は何か言いたげに唇を動かした。「ひょうりんさま」「助けて」と言ったような気がした。そして、「ごめんなさい」と。

（そうか。氷輪さんのことが心配で見にきちまったんだな）

それほどに、元婚約者のことを案じているのだろう。

門士たちが麗玉の様子に首をかしげ、後ろを振り返る。

（やべ……）

慌てて、千尋は茂みの陰に身を隠した。息をひそめ、気配を殺す。

ほどなく、パタパタという軽い足音とともに麗玉は走り去っていった。

門士たちがそれぞれの持ち場に戻っていき、あたりが静かになると、千尋は隠れ場所からぬけだし、足音を忍ばせて門の前を通り過ぎた。

やがて、行く手に粗末な建物が見えてきた。円い窓には、太い木の格子《こうし》が入っていた。

革鎧《よろい》姿の太った男が建物の壁に槍《やり》を立てかけ、ぼーっとしている。

しはじめた。
（もしかして、あそこか……？）
千尋は物陰から物陰へ移動し、少しずつ建物に近づいていった。
しばらく様子をうかがっていると、太った男は建物にもたれて座りこみ、うつらうつら
しはじめた。
（よし。今のうちに……）
千尋は建物に駆けより、窓をのぞきこんだ。
薄暗い六畳ほどの土間のなかに、黒髪の青年――耀が座っていた。袍も顔も泥だらけ
で、顔には殴られたような痕《あと》まである。
（耀？）
一瞬、別人かと不安になるほど、憔悴《しょうすい》しきった様子だ。
耀はこちらに気づいたのか、驚いたような目をした。まさか、千尋が助けにくるとは
思っていなかったのだろう。
「見張りは寝てる」
声をひそめて言うと、耀が音もなく格子のむこうに立った。
「鍵《かぎ》は見張りが。銀色のやつだ」
千尋は「わかった」と目で伝え、見張りのほうにむきなおった。
見張りは、本格的に鼾《いびき》をかきはじめていた。規則的な呼吸にあわせて、腹が膨らんでい

る。

袍の腰から、鍵束がぶらさがっているのが見えた。

(起こさねえようにしねえと……)

緊張しながら千尋は見張りに近づき、そっとしゃがみこんだ。

見張りは、気づいていないようだ。

千尋は大きく息を吸いこみ、鍵の束をつかんで、そーっと引いた。

男の腰から鍵束が外れ、地面に落ちる。

チャリンという音がした。

(しまった)

千尋は息を呑《の》み、見張りの顔を見た。

まだ眠っている。

(よかった……)

震える指で鍵束をつかみ、千尋は櫂の牢に駆けよった。銀色の鍵をつかみ、鍵穴に差し込む。

カチッと音がして鍵が開くと、待っていたように櫂がぬけだしてきた。

「助かった」
二、三度、頭を振り、肩をまわすと、櫂の背筋がのび、瞳に覇気が甦《よみがえ》ってきた。どうやら、憔悴した様子は見せかけだったらしい。

櫂は「こっちだ」と瞳で合図し、左手のほうに歩きだした。

「出口、そっちなのか？」

小声で尋ねると、櫂がうなずく。

「使用人たちの門がある」

「そっか……」

捕らえられていても、ちゃんと情報収集はしていたらしい。

千尋も足早に櫂の後を追いかけた。

その時、むくむくしたものが背後から勢いよく千尋の足にぶつかってきた。

「ぎゃっ！」

悲鳴をあげたとたん、視界の隅で太った見張りがあたりを見まわし、飛び起きるのが見えた。

しまったと思った時には、もう遅かった。

見張りは驚きと怒りの声をあげ、槍をつかんだ。

「囚人が逃げるぞ！　誰か！」

大声で叫んで、こちらに突進してくる。

（やべ……）

素手と槍では分《ぶ》が悪い。

「紅雪《こうせつ》、逃げろ！」

櫂が叫ぶ。

しかし、千尋はむくむくしたものにしがみつかれて、うまく動けない。

パニックになりながら足もとを見下ろすと、小さな白黒の生き物がいた。

目のまわりの黒い斑《ぶち》と黒い四肢、乳白色の胴体。大熊猫《おおくまねこ》の子である。

（なんでパンダが！）

「放せ！」

まー！

大熊猫の子は、必死に千尋の身体によじのぼってこようとする。その拍子に、ビリッと音をたてて袍の裾が破れた。

「放せってば！　放せ！」

さすがに、大熊猫を蹴《け》ることはできなかった。

無理に引きはがそうとすると爪が食いこむ。慌てて足を振りまわしていると、後ろから強い力で肩をつかまれた。

「なんのお戯れですか、紅雪さま。囚人を逃がすとは」

耳もとで、見張りの腹立たしげな声がする。

「か……晴明《せいめい》、逃げろ！　おまえだけでも！」

櫂が千尋を見、一瞬、逡巡《しゅんじゅん》したようだった。

その時、右手のほうから棒を持った男たちが七、八人現れた。

大熊猫の子は、怯《おび》えたように縮こまった。

男たちは千尋たちと大熊猫を見、ギョッとしたように足を止めた。

「紅雪さま……⁉」

「おい！　庭の囚人が逃げるぞ！」

「捕らえろ！」

男たちが櫂を見、棒を構えた。千尋は知らないことだったが、棒は棍《こん》と呼ばれており、熟練していれば、佩剣《けん》と同じように殺傷力の高い武器になる。

櫂は無表情になり、身構えた。

息詰まるような沈黙がつづく。

ふいに、千尋の背後から酷薄な声が響きわたった。

「なんの騒ぎだ」

ギョッとして振り返ると、氷輪が立っていた。その後ろに、藍色《あいいろ》の袍を着た痩《や》せ気味《ぎみ》の老人の姿がある。陳《ちん》家に仕える家令だ。

（やべえ……）

千尋の心臓が、どくんと跳ねた。

「あ……若さま、この大熊猫が逃げだしやがったんです」

「この囚人も逃亡しようとしていました」

「紅雪さまも……」

使用人たちが口々に言う。

氷輪が、冷ややかな視線を櫂にむけた。

「なるほど。そなたは噂どおり、紅雪殿の恋人であったか」

「恋人じゃねえよ」

思わず、千尋は言い返した。どうして、そんなことを言われるのかわからない。

「わざわざ助けにくるのは、そういう仲だからであろう。後宮で発覚していれば、その場で斬首《ざんしゅ》されてもおかしくはない話だ。……その男を牢に戻せ」

「は……」

使用人たちと見張りが櫂の腕をつかみ、乱暴に牢のなかに押しやった。

櫂はあきらめたように、素直に牢に入っていこうとする。

(櫂……)

千尋は、慌てて首にかけた革紐《かわひも》をひっぱりだした。

この屋敷に来てから、氷輪が仰々《ぎょうぎょう》しく返してくれたものだ。

一瞬ためらってから、五爪龍の指輪を氷輪の眼前に突きつける。

最初から、こうすればよかったのだ。

「晴明を放せ」

氷輪は喉《のど》の奥でゲッゲッと妙な音をたてた。

「なんの真似《まね》かな、紅雪殿」

「これが目に入らないのか。お……オレは王……主上のお気に入りだぞ。晴明を自由にしろ」

使用人たちが戸惑ったように顔を見合わせた。

「いくら龍童殿のおっしゃることでも、それは聞けませんな」

氷輪は喉をプクーッと膨らませてみせた。

（妖怪《ようかい》め）

周囲の人間は、氷輪がそんなことをしても平然としている。

「罪人を牢に戻せ。急げ」

「ははっ」

使用人たちは櫂を牢に押しこみ、扉に鍵をかけた。

（櫂……）

氷輪は、冷ややかな目で千尋を見た。

「お寂しいのであれば、卿の話し相手くらい用意させていただこう。だが、その男はダメだ」

大熊猫が不安げに千尋にしがみついた。爪《つめ》がひっかかって、また袍がビリッと音をたてる。

氷輪の視線が、大熊猫に落ちる。

千尋は、小さな妖獣がびくっと身を震わせるのを感じた。

「汚い大熊猫のせいで、お召し物が傷んでしまいましたな。その躾《しつけ》の悪い妖獣は、すぐに始末させましょう」

「若さま、せっかく金門山で捕らえた大熊猫でございますが……」

使用人が小声で言う。

「殺した後、皮をはいで売ればよかろう。無駄にはならぬ」

「は……」

棍を持った使用人たちが近づいてくる。大熊猫の震えが激しくなった。

思わず、千尋は口を開いた。

「殺すことはねえだろ。いくらなんでも」

氷輪が片方の眉《まゆ》をあげた。

「大熊猫がお気に召したか」

「……殺して、皮をはぐってのが気に入らないだけだ」

「では、卿のお話し相手にさしあげよう。せいぜい、可愛《かわい》がっておやりなさい。妖力のない個体なので、脱出の役には立たぬがな」

氷輪が目くばせすると、使用人たちが千尋に駆けよってきた。

「お部屋にお戻りください、紅雪さま。さ、その大熊猫も一緒に」

前後左右を囲まれて、逃げることはできない。

ちらりと振り返ると、牢のなかから櫂がこちらをじっと見ている。

(櫂……なんとかして助けだしてやるから)

目で話しかけたのが通じたのか、櫂は小さくうなずいたようだった。

＊　　＊

大熊猫を連れて千尋が歩き去った後、県令の目の前に一匹の甲虫が飛んできた。

シュルッと長い舌がのび、甲虫を捕らえて口に運ぶ。

「まったく……油断も隙もない」

氷輪は口をもぐもぐさせながら、黄緑色の目をギョロリと動かした。

ほかに飛んでくる虫はいない。

家令はそんな氷輪の様子が目に入っているのかいないのか、無表情のままだ。

「あの男、主上の御前に誘拐犯として突き出すつもりであったが、紅雪殿の恋人となれば、主上もご不快かもしれぬ」

氷輪は牢の窓を見、薄く笑った。

「早いうちに、始末したほうがよさそうだ」

家令は気の毒そうな顔をしたが、何も言わなかった。

＊　＊

騒ぎから二日後の夜、屋敷の二階にある千尋の房《へや》の窓がそっと開いた。

軽い動作で、櫂が室内に飛び下りてくる。

先日の騒ぎにまぎれて、使用人の懐《ふところ》から暗器《こがたな》をすりとり、二日がかりで牢の窓の格子を外し、脱出してきたのである。

櫂の腰には、途中で奪いかえしてきた破軍剣《はぐんけん》が下がっている。

「千尋？」

ほのかに香の匂《にお》いの漂う室内を見まわし、櫂は眉根をよせた。

広い房は、橙《だいだいいろ》色の光に照らされて、薄明るかった。

室内の家具調度や内装は王が暮らす鵬雲宮《ほううんきゅう》より豪華で、いたるところに金が使われている。

寝台は黒檀《こくたん》で、薄く削りだした金を埋めこんで水墨画のようなものが描かれていた。

部屋の中央には美しい彫刻を施した円い卓があり、その上に龍を象《かたど》った金の燭台《しょくだい》が置かれていた。

燭台に火が点《とも》っているのに、千尋の姿はない。

それどころか、誰かがここで暮らしていたという痕跡《こんせき》さえ残っていない。

（やはり、遅かったか……）

その時、かすかに空気が揺れた。

房のどこかに、呼吸する生き物がいる。

櫂が破軍剣に手をかけるのと、衝立《ついたて》や寝台の陰から佩剣を持った兵たちが現れるのはほぼ同時だった。

敵の数は七人。みな、金属の鎧《よろい》をつけ、兜《かぶと》をかぶっている。

おそらく、佩剣の刃には毒が塗られているはずだ。

「寵童さまを捜しにきたか！」

「バカめ！」

兵たちがいっせいに切りかかってくる。

風を切って振り下ろされる佩剣を、とっさに櫂は破軍剣で受け止めた。

甲高い金属音が響きわたる。

「紅雪さまは、もうこの房にはおいでにならん！　氷輪さまの寝所の近くに移されたのだ！」

「それを聞けば充分だ」

櫂は正面の敵を蹴り倒し、左手から来た兵の一撃を破軍剣で弾《はじ》きかえした。

すっかり、手になじんだ重みが心を鎮めてくれる。

初めて剣を手にした時の恐怖は、今はもう遠い。

あの頃は、人殺し専用に作られた刃物の重みも刃の鋭さも何もかもが怖《おそ》ろしかった。

だが、今、剣は誰かを傷つけるためではなく、櫂と櫂自身の大切なものを護《まも》るために存在していた。

破軍剣があるかぎり、負ける気はしなかった。

かつて何も知らない子供だった櫂に、剣の技と道術の基礎を教えてくれた人がこの剣を渡してくれたのだ。

祖父が先々代の王より賜《たまわ》ったものだが、我が家の宝物庫に眠らせるよりは、おまえのもとにあるほうがよかろうと。

その人は五年前に死んだ。息子でもない櫂に莫大《ばくだい》な財産と翼龍《よくりゅう》、それにいくつかの人脈を残して。

王に拝謁できる身分の男だった。王と同じ顔をした櫂が何者か、知らないはずはなかったろうに。

廊下のほうが騒がしくなってきた。新手《あらて》が駆けつけてきたようだ。

とっさに、櫂は窓にむかって駆けだした。兵たちの怒号と叫びを背に、窓の格子を突き破り、地面に着地する。そのまま、屋敷の外にむかって、広い庭を一気に駆けぬける。

ざんばらの黒髪が宙に舞った。

＊　　＊

同じ夜である。

さっきから、屋敷のなかが妙にざわついている。

（なんだろう……？）

千尋は、飾り格子の入った窓のほうを見た。窓には白い薄紙がはられているため、外の様子はわからない。扉には鍵がかかっている。

千尋のために急遽《きゅうきょ》、用意された房は狭く、卓《つくえ》と椅子《いす》と寝台を置くともういっぱいになってしまう。

寝台の上では、千尋がチビと名づけた大熊猫の子が仰向けになって、器用に竹の葉をむしっていた。

「……ったく、おまえのせいで逃げそこねたのに、楽しそうだな」

全身でチビにのしかかり、ふかふかの腹毛に顔をぐいぐい押しあててやると、大熊猫は足裏で千尋の顔を押しやろうとした。

（脚はやめろよ、脚は）

千尋は憮然《ぶぜん》として、起きあがった。

チビは千尋の腕を抱えこみ、指をちゅーちゅー吸いはじめる。

「おっぱいはねえぞ。竹食え、竹」

しばらく遊んでいると扉が開き、家令が茶器と餡《あん》入りの餅《もち》を持って入ってきた。

家令の背後で、扉に鍵のかかる音がした。

「狭いところで申し訳ございません、紅雪さま。間もなく、主上がおいでになりますので、それまでのご辛抱でございます」

家令は黒檀の卓に茶器と皿をならべ、千尋のために流麗な手つきでお茶をいれはじめた。

（あと三日かよ……）

千尋は、ため息をついた。このままでは、王に捕まえられてしまう。わかっていたが、

今はどうすることもできなかった。

外で、また男の叫び声が聞こえた。

「あの……なんだか騒がしいみたいなんですけど」

家令は困ったような表情で千尋を見た。

「はい。庭の囚人が逃げだしまして」

「か……晴明が⁉」

千尋は、大きく息を吸いこんだ。胸の鼓動が速くなる。

うまく逃げられたろうか。怪我《けが》はしていないだろうか。

「はい。屋敷からは出られたようでございます。しかし、逃げのびるのは難しゅうございましょう。符券《ふけん》がなければ、県城の城門からは出られませんので」

気の毒そうな口調で言って、家令はそっと千尋の前にお茶の碗《わん》を差し出してきた。

どうやら、家令は千尋と櫂に対して同情的な立場らしい。

(符券か……)

偽造するあてがあるようなことは言っていたが、翼龍から落ちた時に荷物はぜんぶ失ってしまったはずだ。あのなかに銀子《かね》が入っていたのだが……。

(大丈夫かな、櫂……)

不安になって、千尋はうつむいた。

家令がそんな千尋をじっと見、ポツリと言った。

「主《あるじ》がご迷惑をおかけしております」

「主って……氷輪さん?」

「はい。紅雪さまにこのような仕打ちをなさるのは、氷輪さまが変わられてしまったせいです。……今はあのような無惨《むざん》な化け物になりはててしまいましたが、昔は気性が優しくて、誰に対しても礼儀正しく、学問を愛する若さまでした。県のお仕事の合間によく馬で遠出をされて、私どもにめずらしい花を摘んできてくださったりしたものです」

どうやら、家令は氷輪が化け物になっていることに気づいていたようだ。

「知ってたんですね……氷輪さんのこと」

「はい……」

家令は、つらそうな瞳になった。

「なんで……あんなふうになっちゃったんですか?」

「柳老師《りゅうせんせい》のところの麗玉さんとの破局が、きっかけだと思います」

千尋の前にそっと茶碗を置きながら、家令はため息のような声で言った。

「破局って……身分違いか何かで……?」

「それもございますが、それよりももっと大きな……根本的な問題がございまして」

「根本的な問題って……なんですか、それ?」

奥歯にものがはさまったような口調に、千尋は首をかしげた。

何が言いたいのか、よくわからない。

(なんだよ、身分じゃねえとすると。『ロミオとジュリエット』みてぇに、対立する家の人間だったりすんのか?)

「それは、ちょっと私の口からは申し上げられません。ただ、それさえなければ、優しい、綺麗なかたですし、私としては氷輪さまのお側にいてくださってもかまわなかったのですが……やはり旦那《だんな》さまと奥さまが猛反対なさいまして。麗玉さんも旦那さまに因果を含められ、自分から氷輪さまに別れのお手紙をお書きになりました。それで、破談ということになりました。旦那さまと奥さまに反対され、麗玉さんにも別れを告げられたことで、氷輪さまは心が折れてしまわれたのだと思います。その隙を悪いものにつかれて……」

(蛙に変わっちまったのか……)

言いたいけれど、言えなくて、千尋は黙ってお茶を飲んだ。

遊び疲れたチビは、寝台の上で眠ってしまったようだった。

家令は、ため息を漏らした。

「麗玉さんも、気の毒なかたです。以前、氷輪さまが話してくださいましたが、麗玉さんは十年前の梧州端城《ごしゅうたんじょう》の乱に巻きこまれ、目の前でご両親をなくされたそうです。それで、お祖父《じい》さまのところに引きとられたわけですが」

「目の前でご両親を……？　麗玉さんが？」

千尋は、息を呑んだ。

自分もそんな目にあったら、正気でいられるかどうか自信がない。

心に深い傷を持つ麗玉を妻として迎えようとした、かつての氷輪はきっと優しい人だったのだろう。

「はい。あの乱では、呂家《りょけ》の男子はことごとく斬首《ざんしゅ》され、関《かか》わりのあった人々も多くが殺されました。当時、端城にいたというだけで、牢に入れられた者も少なくありません。おそらく、麗玉さんのご両親もそういったかたがたの一人だったのでしょう」

「え？　そんなにひどいことがあったんですか？」

家令は驚きの色を浮かべ、まじまじと千尋を見た。

「ご存じないのですか？　梧州端城の乱は、国を揺るがした大事件でございますが」

「すみません……。よく知らなくて」

どうやら、この世界では常識のようだが、異世界からきた千尋にはさっぱりわからない。

家令は、ゆっくりした口調で話しはじめた。

「十年前、梧州の名家、呂家のご当主が主上に謀反《むほん》をくわだてた罪で斬首されたのです。

一族も男子は死罪。奥方さまも自害され、ただお一人残された紅蘭姫《こうらんひめ》も行方知れずになりました。それに腹を立てた領民たちが集まり、先代の主上を倒せと叫び、大規模な反乱を起こしたのです。それが梧州端城の乱です。端城の街は数万の屍《しかばね》で埋まったと聞きます。怖ろしい事件でございました」

「そうなんだ……。そんな怖ろしいことが……」

千尋は、身震いした。

（でも、こうらんひめってどっかで聞いたような……。どこだったかな……）

最近、聞いた名前のような気がする。少なくとも、この世界に来てから耳にした名だ。

その時、ふと李姜尚《りきょうしょう》の顔が脳裏に閃《ひらめ》いた。

——せっかく呂家を……俺の主家を再興して、行方不明の紅蘭姫を捜しだしても、国そのものがなくなっていては仕方がねえ。国あってのお家再興だ。滅びた郷関《ふるさと》を甦《よみがえ》らせるにも、神獣のお力が必要になる。ほかの連中が王を怖れて立たないなら、俺たちが立つしかないだろう。

（姜尚さんの仕えていた家の話か……。姜尚さんも叔蘭さんも、つらい思いしたんだろうな……）

十年たってもまだ語りつがれる。

たしかに、その乱は大事件であったのだろう。

「梧州端城の乱は、いろいろなかたの運命を変えてしまいました。めぐりめぐって、氷輪さまの運命も。……どうか、氷輪さまをお助けください。紅雪さまは、主上にお願いできるお立場。どうか、氷輪さまのことを主上にお伝えください」

そう言って、家令は深々と頭を下げた。

困ってしまって、千尋はため息をついた。

麗玉の願いもあり、できるものなら、なんとかしてやりたいと思う。

だが、千尋にできることにも限界がある。

（主上って言われても、頼めねえよな。逃げてるとこだし……。なんとかしてやりたいんだけど。……とにかく、何か情報を集めねえと）

まず、そこから考えはじめてみなくてはならない。

「氷輪さんが今みたいになったのは、いつからですか？　悪いものに憑《つ》かれたのは……」

「三年ほど前でしょうか」

「あの……蛙を殺しちゃったとか、踏みつぶしちゃったとか、そういうことはないですよね？」

まさかと思いながらも、いちおう訊《き》いてみる。

「ないと存じます」

「そうですか……。ええと……家令さんは、氷輪さんに元に戻ってほしいと思いますか？」

「それはもう……。できることでしたら」

しみじみとした口調で、家令が言う。

千尋は大きく息を吸いこんだ。

（やってみるか）

「じゃあ、オレに協力してください」

「協力……でございますか？」

「はい。オレ、たぶん氷輪さんをなんとかできると思います。でも、それにはオレ一人じゃなくて、逃げた櫂……じゃなくて安晴明の助けもいるんです」

家令は、困ったような顔になった。

「そうおっしゃいましても……」

「オレ、この屋敷の外に出て、晴明と合流しないといけないんです。オレも氷輪さんを元に戻さないと困る理由があります。だから、信じてください。かならず、なんとかしますから」

一生懸命言うと、家令は眉間《みけん》に皺《しわ》をよせた。

「主上にはどう説明なさいます？　紅雪さまがお逃げになれば、最悪、氷輪さまの首は飛びますが」

「それは……オレが主上にとりなしておきますから。なんていっても、五爪龍の指輪をいただくほどの寵童ですから」

言いながら、気が遠くなりそうだった。

人見知りをする千尋にとって、他人と腹を割って会話するのは決して得意ではない。

しかし、なんとか家令を納得させなければならない。

（よけいなことは考えるな。オレが逃げた後、どうなるかとか……）

考えすぎると、身動きがとれなくなる。

千尋の必死の表情に何を想ったのか、家令はやがて一つうなずいた。

「氷輪さまが救われる可能性があるのでしたら、ためしてみる価値はございましょう」

「ありがとうございます！」

家令は、悲しげに微笑んだ。

「得体の知れぬ化け物になってしまわれた氷輪さまを見ているのは、私もつろうございます。紅雪さまがそこまでおっしゃるなら、懸《か》けてみましょう。万が一の場合には、この一命《いちめい》をもっておわびすればよろしゅうございます」

（えー？　命まで懸けられても……）

たじろいだ千尋を見、家令は静かな声で言った。

「明日、氷輪さまにお会いになった時、こうおっしゃってください。『大熊猫の子が母親を慕って鳴くので、もといた場所に帰してやりたい』と」

「もといた場所に帰してやりたい……？　そう言えばいいんですか？」

「はい。氷輪さまも、紅雪さまのたっての願いを無下《むげ》にはできないでしょう。かならず、馬か輿《こし》を仕立てさせ、紅雪さまと大熊猫の子を金門山にお連れするはずです。金門山というのが、その大熊猫が捕らえられた場所です。この関江の南にございまして、辺鄙《へんぴ》な土地です。人もあまりおりませんので、紅雪さまが万が一、道に迷われても捜しだすのは難しゅうございましょう」

そこで逃げろということか。果たして、そううまくいくのだろうか。

だが、今は藁《わら》にでもすがりたい。

「わかった。やってみます。ありがとう」

「いえ、お礼など、もったいのうございます。どうか、氷輪さまをお救いください」

家令はじっと千尋を見、深々と頭を下げる。重いものを託された気がした。

信頼という名の重荷。

櫂は来てくれるだろうか。

それは、信じるしかなかった。

櫂は袍の裾を翻《ひるがえ》し、人気《ひとけ》のない裏路地を走っていた。

背後から、関江の捕吏《ほり》たちが追ってくる。

県令の屋敷を脱出してから、二日目の明け方だった。

蓬莱国《ほうらいこく》の城市や坊里《むらざと》はどこも城壁に囲まれており、そのまわりに畑や水田が広がっている。

＊　　＊

城壁の門は朝に開き、夜には閉じられる。関江の城門もまた、夜間は閉ざされていた。

化生《けしょう》のものが政《まつりごと》を行っている土地とは思えないほど、関江の護りは固かった。

宿では行客《たびびと》の符券を常にたしかめ、不審な点があれば、即座に役人が飛んでくる。

街には陰の気が満ち、人の心は荒れていた。裏路地では麻薬が売られ、貨幣や塩の偽造も後を絶たない。密告も奨励されていた。

昼間、千尋を助けだす手だてをもとめて調べるうちに、櫂は自分が脱出した後、県令の屋敷の塀に鉄の刺《とげ》が植えられ、警備が増強されたのを知った。

少なくとも、塀を越えて千尋を連れ出すのは不可能だ。

そのうえ、昨日は大規模な掃討作戦が行われ、市中に「安晴明」の人相書きが配られた。絵姿は櫂とは似ても似つかないが、黒髪の二十歳《はたち》前後の男というだけで、どこに行っても不審な目で見られた。

(蛙のくせに、意外にやる……)

苦笑した時だった。

ずっと後ろのほうで殺気立った叫びがして、複数の足音が近づいてきた。

「いたぞ！　あいつだ！」

「逃がすな！」

どこかで銅鑼《どら》が鳴った。

どうやら、日の出前だというのに、また兵を総動員して掃討作戦を行うつもりらしい。

こんなことがつづけば、人々のあいだに安晴明への恐怖と憎しみが生まれる。

(そこまで計算しているわけではないだろうが。……まずいな)

ヒュンと風を切る音がして、矢が肩口をかすめた。つづいて、目の前の塀にも三、四本の矢が突き立った。

捕吏たちは、自分を生かしておく気はないようだ。

櫂は、チラリと高台のほうを見た。

そこには黎明《れいめい》の空に暗く、県令の屋敷の瓦《かわら》屋根がそびえたっている。

(千尋……)

かならず、助けださねばならない。

それを優先するならば、捨てなければならないものもあった。

（迷うな。両方の道は選べない）

ここで死ぬわけにも、捕縛されるわけにもいかなかった。

「もう逃げられんぞ」

背後から、声がした。

振り返ると、ずらりと並んだ捕吏たちの列があった。みな、金属の鎧を身につけ、槍と弓で武装している。

革鎧もつけず、剣しか持たない人間を相手にするとは思えない重装備だ。

櫂は、ゆっくりと破軍剣をぬいた。捕吏たちが槍を構え、襲いかかってくる。

その時だった。

まー！

夜明けの空を背景に、白黒の大きな影が飛んだ。

（な……に……⁉）

捕吏たちがざわめく。

どさっ！

櫂と捕吏たちのあいだに落ちてきたのは、一匹の大熊猫だ。これだけ大きい大熊猫はめずらしい。

（芳芳《ほうほう》か？）

大熊猫は櫂に駆けより、何か言いたげに小さく鳴いた。

迷っている暇はなかった。

櫂は大熊猫の背に飛びのり、ふかふかした首につかまった。

「何⁉　大熊猫だと！」

「逃がすな！　追え！」

捕吏たちの驚きの声を背に、大熊猫は高く跳躍し、立ち並ぶ家々の屋根づたいに走りはじめた。

「撃て！　弓だ！　何をしている！」

「ダメです！　俺には撃てません！」

「見た目にだまされるな！　あれは妖獣だ！　ええい、何をしている！」

ひょろひょろと力のぬけた矢が飛んでくる。

大熊猫は矢をかわし、瓦を蹴り飛ばし、しばらく走ってから、意外に軽々と地面に着地した。

たどりついたのは、関江の閑地《あきち》だった。

暁の光が、あたりをほの白く照らしだしている。

閑地には、二つの人影が立っていた。

＊　　＊

「よお、小僧。また会ったな」

人影の片方が、のんびりした声で言った。

簡素な紺の袍を身につけ、額に青い帕《はちまき》を巻いた青年だ。髪は褐色で、肌は陽《ひ》に焼けている。切れ長の目は蒼《あお》い。

「姜尚……。なんで、おまえが」

櫂は憮然《ぶぜん》として、大熊猫から下りた。

大熊猫はまーまー鳴きながら、青年に駆けよっていく。やはり、芳芳だったようだ。

彼が、李姜尚。

王との死闘を「明るく朗らかに」戦いぬこうとしている好漢で、周囲にも「苦しい時ほど笑え」と言い聞かせている。その男気に惹《ひ》かれて、集ってきた仲間たちがいつしか旗揚げしたのが長風旅団《ちょうふうりょだん》である。

女にモテないわけではないのだが、大熊猫の芳芳を溺愛《できあい》し、寝る時も一緒に寝ているため、最近では色っぽい話は皆無だ。

「無事でよかったです」

姜尚の斜め後ろに立っていた青年が、微笑んだ。

長い銀髪と青みがかった灰色の瞳を持つ、美貌の巫子《ふし》だ。

ほっそりした身体《からだ》に白い袍をまとい、紫の帯を締めている。

この青年の名は、楊叔蘭《ようしゅくらん》という。

千尋と糴をこちらの世界に連れてきた張本人である。

かつては荊州《けいしゅう》の神獣に仕えていたが、蓬萊王によって荊州の神獣の祠堂《しどう》が破壊されたため、今は長風旅団に身をよせている。

もともとは梧州の人で、李姜尚の家に仕える家令の家柄である。姜尚とは幼なじみだ。

性格は穏和で優しげだが、芯《しん》は強く、こうと決めたら譲らないところもある。見た目ほど柔弱な青年ではない。

叔蘭は茶色い革の袋と黒い革の袋を手に、糴に近よってきた。

「はい、糴殿。これをなくされて、困っていたでしょう」

差し出されたのは、見覚えのある荷物。なかには千尋の身のまわりのものと、糴の符券、それに当座の銀子《かね》が入っているはずだ。

「どうして、これを?」

糴は巫子の手から二つの袋を受け取り、まじまじと叔蘭を見た。

叔蘭は、穏やかな顔で櫂を見返す。

「あなたの翼龍が、乗り手を失った状態で臥牛《がぎゅう》の大学に現れたのです。荷物のなかには、符券と銀子が入っていました。だから、私たちは櫂殿と千尋さまが事件に巻きこまれたのだと判断し、関江に来たのです。お会いできて、よかった」

「いやあ、よかったよかった。翼龍ってのは速いもんだなあ。臥牛から来た時もあっという間だったぜ。芳芳ちゃんは目を丸くしてたぞ」

顎《あご》を撫《な》でながら、姜尚が言う。

(まさかと思うが、その重たそうな大熊猫も俺の翼龍に乗せてきたのか)

櫂は、姜尚の顔をじっと見た。姜尚は、ニヤニヤしている。

「おまえの翼龍は、宿の庭につないである。後で返そう。元気だから、安心しろ」

「それはどうも」

姜尚のことだ。無茶な乗り方をしたのも、自分たちの安否を心配してのことだろう。

だが、どうして大熊猫を置いてくるという判断ができなかったのか。

(そんなに好きか)

櫂は心のなかで、ため息をついた。

「で、千尋さまはどこです？」

少し心配そうに、叔蘭が尋ねてくる。櫂は、叔蘭から視線をそらした。

この二人を関わらせたくない。しかし、そんな燿の気持ちが巫子にわかろうはずがない。

「何かあったんですね？」

叔蘭が手をのばし、燿の袍の袖《そで》をつかむ。「言うまで放しません」と言いたげな様子に、燿は肩をすくめた。

「関江の県令に捕らえられた」

「捕らえられた⁉」

姜尚と叔蘭の声が重なる。燿は、淡々と事実関係を説明した。

「俺がついていながら、申し訳ない。十日ほど前、流花川《りゅうかせん》の上を翼龍で飛んでいる時、陰蟲《いんちゅう》に襲われ、千尋が川に落ちたんだ。その時、俺も千尋を追って飛びこみ、翼龍とははぐれてしまった。千尋も俺も岸には着いたが、符券を持たない行客だったので役人に捕らえられた。千尋はまだ県令の屋敷にいる」

千尋が王の寵童だったということは、燿は口にはしなかった。

言えば、千尋の立場が悪くなるだろう。

「あいつが桃花巫姫《とうかふき》だということは、バレてねぇだろうな？」

姜尚も心配そうに尋ねてくる。

「今のところは大丈夫だ。紅雪という偽名を使わせている。だが、あの県令……臭《にお》うぞ」

姜尚と叔蘭は顔を見合わせた。

「何か気にかかることでもあったか？」

「見た目が蛙そっくりで、手に水かきがあった。どういうわけだか、周囲の連中は気づいていないようだったが、俺の目には人間に見えなかった。元婚約者の話では、化け物が憑《つ》いているらしい」

　櫂の言葉に、姜尚は眉根をよせた。

「化け物が県令か。そいつは初耳だ」

「ああ、俺も見た時には驚いた」

「県令が何かに憑かれているなら、この関江が妙なことになっているのも納得だな。ここは、腐敗と不正の温床だ。実際、関江を通る時に払わされる通行税は三年前の倍になっている。関江県の税率は、王都の三割増しだ。ただし、御用商人は優遇されている。たぶん、小利口《こりこう》な化け物が憑いていて、そいつが王とつながって甘い汁を吸っているんだろう。関江は人と物資の流通の要衝だが、県令の権力はたかが知れている。悪事を働くにも、力不足だ。たぶん、裏があるぜ」

　姜尚は、薄く笑った。

「それが王かどうかはわからんがな。……とにかく、千尋の正体がバレるとまずい」

　櫂の言葉に、姜尚はうなずいた。

「そうだな。昨日、聞いた話だが、王都の禁軍が梧州にむかったそうだ。目的は梧州の神獣の祠堂《しどう》だろう。蘭《らん》州から梧州に行く街道の途中には、この関江がある。つまり、近いうちに関江に王が来るってことだ。その時、千尋が県令の屋敷にいたら……」

「なんだと？」

燿は、まじまじと姜尚の顔を見た。

そんな話は聞いていない。

「それはたしかな話か？」

「たしかだとも。蘭州から届いたばかりの情報だからな。旅団の仲間は、あっちにもいるんだ」

「だが、梧州に出陣するとなると禁軍だけでは数が足りないはずだ」

「むこうで梧州軍も動かすんだろうさ。……梧州の祠堂がどうなっているか、実は俺もわからねえんだが。梧州端城の乱で巫子が倒れ、神獣の気配がわかる人間がいなくなった。梧州の陰の気があまりひどくねえところをみると、まだおいでになるようだが」

「わかった。俺は近いうちに戻る」

燿は姜尚たちに背をむけ、歩きだした。

「おい、待てよ。どこに行く気だ？」

「一緒に千尋さまを助けだしましょう、燿殿。お一人では難しいはずです」

背後から声が聞こえたが、振り返らなかった。

袍の懐から出した金属の小さな笛を口もとにあてる。笛は、捕らえられた時もひそかに隠し持っていたものだ。

（来い）

人の耳には聞き取れない笛の音が響きわたる。

ほどなくして、朝焼けの空に翼龍の黒い影が現れた。

翼龍は櫂を見つけ、急降下してくる。

姜尚たちの驚きの声をよそに、櫂は翼龍にまたがり、関江の空に飛び立った。

＊　＊

遠ざかる翼龍を見送って、姜尚と叔蘭は顔を見合わせた。

「なんだ、あいつは」

「何か面倒なことに巻きこまれているのかもしれません。そういう顔をしていました」

ポツリと叔蘭が呟《つぶや》いた。

端正な顔には怒りの色はない。ただ、気づかわしげな表情が浮かんでいる。

櫂と千尋をこの世界に連れてきたことで、責任を感じているのだ。

「禁軍と王が来ると言ったとたん、飛びだしていきやがった」

「それは、たしかに一大事ですからね。……我々だって、梧州に行くか、千尋さまを救出するか選ばねばなりませんよ、姜尚さま」

「桃花巫姫が最優先だろう」

「王に祠堂を破壊され、梧州侯《ごしゅうこう》が消えてもですか？」

少しムッとしたように、姜尚は叔蘭を見た。

「だったら、おまえが梧州に行け。俺は千尋を護る」

「意地悪ですね、姜尚さま。私にとっても、千尋さまは唯一の主です。お救いするのが最優先に決まっています。ただ……心が引き裂かれるようです」

「助けても、異世界に帰っちまうからな」

苦笑して、姜尚は芳芳と一緒に歩きだした。

本当は、桃花巫姫として戦うべきだと強制したほうがいいのはわかっていた。少しでも勝機を増やしたければ、そうするしかない。

それでも、姜尚は千尋の自由意思にすべてをゆだねようとしていた。

千尋に強制しても、神獣は喜ばない。そんな気がしたからだ。

「残って、ともに戦ってくださるといいのですが」

ポツリと呟いて、巫子も姜尚の後につづいた。

閑地から県令の屋敷のある高台をのぞみ、姜尚はため息をついた。

朝の光に照らされた屋敷は、薄い煙に包まれているように見える。煙のようなものは屋敷の周囲にたなびき、一部は市中にも流れこんできている。

「陰の気が強《つえ》えな。尋常じゃねえぞ」

櫂と千尋の行方を探して、昨日も街で聞き込みをした。その時、県令の屋敷には王の寵童が滞在していると聞かされた。

化け物の県令に王の寵童、そして桃花巫姫。

(どうなってやがるんだ、いったい……?)

間もなく禁軍が関江にやってくる。その時、すべてが動きだすのかもしれない。

＊　　＊

蓬莱国の王都、亮天《りょうてん》。

その政《まつりごと》の中心である鵬雲宮の奥まった扉が、勢いよく開いた。

「烏陵《うりょう》、これはどういうことだ?」

不機嫌そうに入ってきたのは蓬莱王、龍月季《りゅうげっき》である。

二十歳の若い王は長い黒髪を結わずにたらし、赤紫の絹の袍をまとっている。強い意思を秘めた瞳は闇の色。なめらかな肌は、雪のように白い。

「これは、主上。お久しぶりでございますな」

窓際《まどぎわ》の机に座っていた老人が、ゆっくりと書類から目をあげる。

雪のような髪と漆黒の瞳、高い鷲鼻《わしばな》。身につけているのは、紫の朝服《ちょうふく》だ。帯は金玉《きんぎょく》、佩玉《はいぎょく》は紫。それだけで、この老人が三公の一人とわかる。

姓は崔《さい》、名は烏陵。蘭州《らんしゅう》の人である。爵位を持つ大貴族の一人でもあり、現在は丞相《じょうしょう》として王に仕えている。謹厳な性格で、自己にも他にも厳しい。

「嫌みか」

月季は丞相に歩みより、その皺《しわ》深い顔を見下ろした。

烏陵もまた無表情に若い主君の視線を受け止める。

「ようやく、お戻りになられましたな、主上」

王は半月以上も離宮に籠もり、お気に入りの寵童とともに遊び暮らしていた。

国政に関する指示は、烏に託されて運ばれてきた。

今に始まったことではない。

「余の不在中に、なぜ禁軍を動かす？」

苛烈《かれつ》な眼差《まなざ》しで、月季は丞相を見据えた。

しかし、丞相は王の叱責《しっせき》にも顔色一つ変えなかった。

「これは異なことを。主上がお決めになられたことではありませぬか。五つの祠堂を破壊して、陰の気を呼びこむと」

烏陵は、音もなく立ちあがった。立つと老人のほうが頭一つぶん上背がある。

机の上には、皮の地図が広げられている。

桑州《そうしゅう》、蘭州、柏州《はくしゅう》、梧州《ごしゅう》、荊州《けいしゅう》の五つの州と神獣の祠堂の位置、街道、府城の位置、主要な山々と河川が墨で描かれていた。

老いた指が、桑州の祠堂を指差した。

先日、王が禁軍を率いて出兵し、破壊したはずの平按《へいあん》の近くの祠堂。

「桑州の神獣は健在で、そのうえ、力に満ちております。桃花巫姫が瑞香《ずいこう》を喰わせたためです。あの後、桑州をご覧になりましたか、主上？」

「いや」

「荒れ果てていた平按は、豊かな緑に変わりましたぞ。砂漠になりかけていた畑が潤い、季節外れの花が咲きはじめております」

老いた指が、今度は柏州の臥牛の祠堂を指す。

「柏州では桃花巫姫と神獣が顕現《けんげん》。今や、巡礼どもが臥牛に押しかける騒ぎとなっております。王よ、次は梧州だとおっしゃったのは、あなたご自身ではございませぬか」

「たしかに言った。だが、今しばらく待て」

無表情になって、王は命じる。

丞相は、ゆるゆると首を横に振った。

「急がねば、反乱の火の手があがりましょう。龍王朝の滅びが先か、覇業の成就《じょうじゅ》が先か。お考えください」

「余に諮《はか》らずに、禁軍を動かすことは許さぬ」

老人は、苦笑したようだった。

「諮りたくとも、主上がおいでになりませぬ。この年寄りをあまり一人にしないでくだされ、主上。あなたのお味方で、ともに冥府《めいふ》までもと思っておりますのに」

丞相の言葉に、王は目を伏せた。

自分は、この忠臣に犠牲を強《し》いている。

五つの神獣の祠堂を破壊する手伝いをさせたため、どれほど丞相が人々から怖れられ、憎まれ、死の危険にさらされているか。

間違いなく、丞相烏陵は史書に悪名を残すだろう。その主君である蓬萊王とともに。

「すまぬ、烏陵。だが、急ぐな。桃花巫姫の名が高まっている最中《さなか》に、梧州に兵を出すのは得策ではない」

ゆらり……と老人の身体が動いたようだった。

月季がハッとして見ると、老人は左膝《ひだりひざ》をかばうような足どりで窓辺に近づいていった。

　そういえば、先頃、会った時には膝を痛めていると言っていた。まだ具合はよくないのだろう。

　そんなことも忘れていたことに胸を突かれ、王は老人の肩や背中をじっと見つめた。この男もまた永遠に自分の側にいて、護ってくれるわけではないのだ。

　月季の気持ちに気づいているのかいないのか、烏陵はまっすぐ背をのばし、闇よりも黒い瞳で鵬雲宮の中庭を見下ろした。

「では、桃花巫姫を捕らえ、抹殺するしかありますまい」

　運命を告げるような声が、沈黙のなかに響きわたった。

＊

＊

　時刻は深更《しんこう》。

　五層の高楼の露台には花燈《かとう》が吊《つ》るされ、後宮のそこここに灯《ひ》が点《とも》っている。

　その最上階の露台の手すりにもたれ、月季は禁苑《にわ》を見下ろしていた。

　赤紫の袍の腰には、片時も離さない佩剣《けん》がある。

　鞘《さや》は黒く、なんの装飾もない。王の持ち物にしては地味な造りだが、人を斬《き》るための道具としての素っ気ないほどの実用性が、かえって、この佩剣に不気味な凄《すご》みをあたえている。


烏陵との会見のあった、その夜だった。

月季は片手に盃《さかずき》を持ち、手酌で酒を飲んでいた。

毒味役の者が安全を確認した酒ではない。しばらく、離宮に出かけていた王が自ら城下でもとめてきた品だ。この若い王は好んで常民に身をやつし、市井《しせい》の様子を見聞して歩いている。時には、十日もかけて荊州の果てまで行ってくることもあった。

しかし、それを知る者はごく一部の人間にかぎられた。

官吏たちにとって、王は怠け者の蕩子《どうらくもの》であり、人民にとって王は冷酷非情な暴君であった。

先王が亡《な》くなり月季の代になってから、橋や坊門の礎石と一緒に生身の人間を埋めることは禁じられ、広場での石投げの刑も禁止された。

それでも、人々は月季を怖れ、憎んだ。

それというのも、月季がこの国を護る五つの神獣の祠堂を破壊し、世界の秩序を根底からくつがえそうとしているからだ。

月季は、この国を闇に沈めようとしている。月季なりの計算と望みにもとづいて。

それが正しいかどうかは、歴史だけが判断するだろう。

「後宮から小松千尋を逃がしたのは、そなたか」

ボソリと月季が尋ねる。

「妾《わらわ》にそのようなことができるとお思いですか？」

甘い声が月季の傍《かたわ》らでささやく。

声の主は、薔薇《ばらいろ》色の襦裙《ころも》をまとった美女だ。

目が大きく、鼻がつんと高く、どことなく猫を思わせる風貌《ふうぼう》だ。高く結いあげた黒髪に黄金と真珠の釵《かんざし》を揺らし、腰に翡翠《ひすい》の佩玉《はいぎょく》、華奢《きゃしゃ》な白い手首に玉《ぎょく》の腕輪をしている。

香貴妃《こうきひ》——香玉蘭《ぎょくらん》。もとは柏州の娼妓《しょうぎ》で、妓楼の稼ぎ頭であったという。

妓楼に売られる前のことは、決して口にしようとはしない。

父母がどこの土地の人間なのか、本名がなんというのか、知る者はいない。

世間に知られている香玉蘭の物語は、「わずか十五で妓楼の花となり、客として訪れたさる郡王の目にとまり、体重と同じだけの金を積んで身請けされ、蓬莱王の即位祝いの献上品として後宮におさめられた」というものだ。

以来、香玉蘭は蓬莱王の寵愛《ちょうあい》を受け、貴妃の位まで昇りつめた。

しかし、后妃《きさき》となるには娼妓であった過去が邪魔をする。

后妃になれぬ後宮の女が生涯を何不自由なく暮らすには、次代の王となる太子《たいし》を産み、国母となって、しかも息子の在位中に死ぬしかない。

だが、今のところ、王は玉蘭に子をあたえるつもりはないようだ。

重臣たちは「早く跡継ぎを」と矢の催促だが、王は素知らぬ顔で寵童とばかり遊《あそ》び戯《たわむ》れている。

つい最近も新しく一人、お気に入りの寵童を迎えたばかりだ。

「できると思うから訊いている。……どうなのだ?」

「妾は逃がしておりませぬ」

鈴を鳴らすような声で、香貴妃は答える。

「そうか」

短く答え、月季は眼下に広がる後宮の灯と暗い夜の禁苑をじっと見下ろした。

常と変わらない華やかな光景を見ながら想《おも》うのはそこにいない、お気に入りの寵童のことか。

「まだ捜しておいでですの?」

さりげない口調で、香貴妃が尋ねてくる。

「居所はわかった。近々、迎えにいく」

王専用の妖獣、応龍《おうりゅう》を使えば、関江までさほど時間はかからない。

「そう……。それほどまでに、あの寵童のことを……」

香貴妃の赤い唇に、かすかな笑みが浮かぶ。

それを横目で見て、月季はボソリと呟いた。

「余のものに手を出してくれるな、玉蘭」

「妾はそのような野暮な真似《まね》はいたしませぬ。主上が離宮にこもって何をなさっておいでか、詮索《せんさく》もいたしませぬ」

香貴妃は、花が開くように笑った。

「賢い貴妃で助かる」

冷ややかに呟き、月季は盃を置いて、音もなく立ちあがった。

「もうお帰りですか。寂しゅうございますわ」

見送る香貴妃には目もくれず、月季は足早に高楼を降りはじめた。

しなやかで美しい身のこなしは威厳に満ちた覇王のものというより、二十歳の若者のそれだ。

高楼に残された香貴妃は、しばらく王の残していった盃を見つめていた。

白い手がのびて、もう温《ぬく》もりの消えた盃をつかむ。

王に愛されていないのは知っていた。月季は重臣たちの娘を后妃に押しつけられるのを好まず、あえて身分の低い香貴妃を側近くに置き、寵愛するふりをしているだけなのだ。

互いに、利害だけで結びついた男女のはずだった。

それなのに、いつの頃からか女のほうだけが本気になった。

（月季さま……誰にも渡しませぬ）

香貴妃は盃にそっと唇を押しあて、陰惨な笑みを浮かべた。

（てっきり死んだと思っていましたのに……。小松千尋、なんという子かしら。ますます、生かしておくわけにはいかなくなりましたわね）

寵妃の全身から、一瞬、青い炎が立ち上ったかと見えた。

けれど、誰もその姿を目にする者はいない。

ただ、藍色の天に冷たい眼《まなこ》のような月だけが白くかかっていた。

第三章　王と寵童《ちょうどう》

櫂《かい》との連絡はとれないまま、三日が過ぎた。

禁軍の到着は、あと数日遅れると連絡があった。

県令《けんれい》の屋敷は歓迎の準備で、慌ただしさを増していた。

そんな屋敷の門扉《もんぴ》が開き、一台の馬車と十騎の馬が現れた。

馬車には、千尋《ちひろ》と小さな大熊猫《おおくまねこ》が乗っていた。

昨日、家令が言ったとおりにしてみたところ、氷輪《ひょうりん》の許可が下りたのだ。

あまりにも呆気《あっけ》なく金門山《きんもんざん》行きを許されて、千尋は少し拍子ぬけしていた。

だが、予想以上の数の護衛がつけられて、「そういうことか」と思った。

やはり、氷輪は自分を逃がすつもりはないのだ。

出発前に家令が「どうぞ、お気をつけて」と弁当を渡してくれた。願いをこめた眼差《まなざ》しに、千尋はうなずいて馬車に乗りこんだ。

予定どおりならば、金門山でチビを放して、午後には屋敷に戻ることになっている。

今、千尋の隣には、チビがふかふかした黒い脚を投げだして座っている。そうやっていると、ほとんど、ぬいぐるみにしか見えない。

馬車の窓から見える街は禁軍が通る道にそって清掃作業が行われ、捕吏《ほり》たちが集団で巡回している。

賑《にぎ》やかな街だが、臥牛《がぎゅう》とは違って人々の表情の暗さが目についた。

時おり、建物と建物のあいだの暗がりに黒い犬の姿も視《み》えた。

（地狼《ちろう》……!?）

ハッとして目を凝らすと、黒犬の姿は消えている。

だが、街のなかを移動していると、強い陰《いん》の気で肌がピリピリしてくる。

チビが警戒するように窓の外を見、千尋の顔を見上げてきた。

そのもこもこした頭を撫《な》でてやりながら、千尋は連絡のとれない親友のことを想《おも》った。

（櫂……どこにいるんだ？）

こんなことになるくらいなら、何かあった時の連絡方法くらい決めておけばよかった。

櫂が助けにきてくれるという前提でこの計画を立てたが、本当に来てくれるという保証はどこにもない。

（また会えるよな……）

指輪のことを弁解することもできないまま、二度と会えなかったらと思うと、たまらなくなる。

こんな世界で一人ぼっちになってしまったら、生きていけない。

千尋はチビを抱きしめ、そのやわらかな毛に顔を押しあてた。

妖獣の心臓がコトコト鳴っているのがわかる。

(ダメだ……。オレ……耀がいねえと……。でも、耀はオレのこと、嫌いになっちまったのかな。だから、連絡くれねえのかな……。オレ、見捨てられたのかな……)

考えているうちに、だんだん不安になってくる。

チビが、涙目になった千尋の頬《ほお》をペロリと舐《な》めてくれた。

＊　　＊

「先ほど、紅雪さまは金門山に出立されました」

関江《かんこう》の県令の執務室で、事務的な声がした。

淡々と報告しているのは、若い役人だ。

氷輪は、喉《のど》の奥でゲクッと鳴いた。役人は慣れているのか、顔色一つ変えない。

「まったく……大熊猫ごときで。まあ、よい。引き続き、監視をつづけろ」

「は……」

若い役人が一礼して退出すると、ややあって窓から一羽の小鳥が飛びこんできた。

長い白黒の尾を持つ鳥で、頭が黒く、腹は白、嘴《くちばし》が橙《だいだいいろ》色で派手な印象がある。鵲《かささぎ》の仲間で、山鵲《さんじゃく》と呼ばれる鳥である。

氷輪は山鵲を見、慌てたように椅子《いす》から立ち上がった。

「これはこれは……何事でございますか？」

山鵲が執務机の端にとまり、嘴を開いた。

──久しぶりだね、氷輪。

流れでてきたのは、艶《あで》やかな女の声だ。

氷輪は鳥がしゃべったことに驚く様子もなく、恭《うやうや》しい仕草で頭を下げた。

「貴妃《きひ》さまにおかれましては、ご健勝のことと恐悦至極《きょうえつしごく》に存じます」

──くだらぬ挨拶《あいさつ》はよい。そなた、王の寵童を捕らえたそうだね。

氷輪は、首を傾《かし》げてみせる。

「はて……存じませぬが」

──しらを切るものではないよ、肉芝《にくし》。そなたに今の地位を世話してやったのが誰か、忘れてはいないだろうね？

肉芝と呼ばれて、氷輪は震えあがったようだった。

「お……おやめください。その名は……！」

——真実の名を呼ばれると術が解けるかえ。軟弱なこと。そなた、小松千尋を喰《く》いたくないのかい？

「それは……機会さえございますれば……。しかし、私も王が怖《おそ》ろしゅうございます」

——そなたに貸しあたえた力、今すぐ返してもらってもよいのだよ。そうすれば、そなたはただの蛙《かえる》に戻る。

「そ……それは困ります！　お許しください！」

氷輪は右手の紅玉の指輪を押さえ、怯《おび》えたように後ずさった。

——では、寵童を殺せ。死体を喰らった後は、どこへなりと逃げるがよい。

冷ややかな声で、山鵲が言う。氷輪は、上目づかいで山鵲を見上げた。

「……それほど、王の寵童がお邪魔ですか、貴妃さま」

——お黙り。

山鵲がバッと翼を広げる。

その背後に、幻のように黒髪の美女の姿が浮かびあがった。香《こう》貴妃、玉蘭《ぎょくらん》の姿が。

一瞬、執務室のなかを強い妖気が吹きぬける。

氷輪は床につっ伏し、小さな悲鳴をあげた。

「お許しください、貴妃さま！　お許しを！　私にはできませぬ！」

半透明の美女は怯える氷輪を見下ろし、薄く笑った。

——やるのだ。

氷輪は身震いしながら、何度もうなずいた。

「はい……はい……貴妃さま……はい」

——その言葉、忘れまいぞ、肉芝。

美女の姿がすっと消える。

山鵲はもう氷輪には興味を失ってしまったような様子で、パッと飛び立ち、窓から空に消えていった。

＊　＊

一方、千尋は金門山の険《けわ》しい道を漆塗りの輿《こし》で移動していた。腕のなかに大熊猫を抱いている。

輿は四人の屈強な男たちに担《かつ》がれている。

千尋は降りて歩くと言ったのだが、使用人たちが許してくれなかったのだ。

（居心地悪《わり》ぃ……）

きっと輿は重いだろうと思うと、いたたまれない気持ちになる。

千尋は汗一つかいていないが、男たちは汗びっしょりだ。

ややあって、道は下り坂になり、谷間の集落のような場所に出た。

谷は、四方を高い山に囲まれていた。

ゆるやかな斜面には五、六軒の家がポツリポツリと離れて建ち、家々のあいだには畑や果樹園が広がっている。家はどれも二階建てで、日干し煉瓦《れんが》を積み重ねて作ってあった。一階は家畜小屋になっていて、二階が人間の住居になっている。

左手のほうにつづく道は、やがて広い竹林のむこうに消えている。

「あのあたりです」

使用人の一人が、竹林のほうを指差す。

それを合図のように輿が止まり、地面に下ろされる。千尋はようやくホッとして、抱えていた幼い大熊猫を足もとに置いた。

小さな大熊猫はよたよたと歩き、千尋を振り返った。

「うん。自由に歩いていいんだよ、チビ」

千尋は、大熊猫にうなずいてみせた。

その時、チビが勢いよく頭をあげ、まーと鳴いた。

竹林がざわざわと揺れ、大熊猫の成獣が姿を現す。牛ほどの大きさで、右耳の先がちぎれている。芳芳《ほうほう》とは目の光が違った。

(怖……)

大熊猫はチビを見て、足早に近づいてきた。

まー！

チビのほうも甘えるように一声鳴いて、勢いよく走りだす。

耳のちぎれた大熊猫は小さな大熊猫に駆けより、首の付け根を大事そうにくわえて、千尋たちをじっと見た。

「あの……気をつけて」

千尋がボソボソ言うと、大熊猫は人間のような仕草で頭を下げ、竹林のほうに駆けだした。丸くて白い尻尾《しっぽ》と白いお尻《しり》が竹と竹のあいだの薄暗がりに消えていく。

どうやら、そう見えなかったが、母親だったらしい。

ざわざわと揺れていた竹も、ひっそりと静まりかえった。

(行っちまった……)

チビはいなくなった。

次は自分が逃げる番だが、この使用人たちをどうやってまこう。

「ああ、よかったなあ。じゃあ、オレ、ちょっと散歩してもいいかな」

千尋は笑顔で使用人たちから離れて、歩きだした。台詞《せりふ》は棒読みだし、笑顔はぎこちないし、怪しいこと、このうえない。

使用人たちが顔を見合わせ、千尋の後からついてくる。

（ついてくんなよ……）
その時、湿った黴臭《かびくさ》い風が吹いた。
どこかで、聞き慣れない鳥の鳴き声がする。
（え……？）
千尋はドキリとして、あたりを見まわした。
何か嫌なものが近くにいる。
肌がピリピリしてきて、手足が冷たくなってくる。
（まさか……地狼か!?）
使用人の一人が悲鳴のような声をあげ、右手の茂みのほうを指差した。
そのむこうから、大きな獣がのそり……と現れる。
（嘘《うそ》……！）
千尋の喉がヒッと鳴った。
現れた獣は、虎《とら》によく似ていた。黄色と黒の縞《しま》があり、黄色い目が爛々《らんらん》と輝いている。
だが、虎にしては異様に牙《きば》が長い。
ガアアアアアアーッ！
獣が威嚇《いかく》するように吠《ほ》えた。怖ろしい吠え声に、あたりの空気がビリビリと震える。
「孟槐《もうかい》だ！　お助けください！」

使用人の一人が悲鳴のような声をあげる。

次の瞬間、使用人たちがいっせいに逃げだした。

「うわあああああーっ！」

「助けてくれーっ！」

佩剣や槍《やり》を持っていた者たちも、武器を放《ほう》りだしていく。

（え？　え？　あれ……）

気がつけば、千尋はたった一人、孟槐の前に取り残されていた。

爛々と光る金色の目が、こちらを見据えている。

（やべ……）

左手のほうからも、不気味な唸《うな》り声《ごえ》が聞こえてきた。

ハッとして、見ると、そこにはさらに二頭の孟槐の姿があった。

千尋が後ずさると、孟槐たちはじりじりと距離をつめてくる。これは、どうやっても逃げられない。

「助けて……耀……」

千尋は、口のなかで呟《つぶや》いた。

けれども、それが虚《むな》しい願いだというのは千尋自身が一番よくわかっていた。

耀は、自分がここにいることを知らないのだ。

（オレ……死ぬのか。こんなところで……）

ガアアアアアーッ！

一頭の孟槐が威嚇するように吠え、千尋にむかって走りだしてくる。

「うわああああああーっ！」

悲鳴をあげて、千尋は駆けだした。

どこに逃げようというあてがあるわけでもない。

集落の家々は扉を固く閉ざし、外の様子をうかがっているようだった。

誰も、千尋を助けようとはしない。

道端の梨《なし》の木の枝に、尾の長い白黒の小鳥がとまっている。その目がじっと千尋を見つめていたが、千尋はそれには気づかなかった。

（嫌だ……。死にたくねえ……！）

「燿！　燿ーっ！」

孟槐たちに追われて逃げ惑いながら、千尋は必死に親友の名を呼んだ。

ガアアアアーッ！

孟槐の吠え声が、すぐ後ろで聞こえた。

獣臭い息が背中にかかる。

（ダメだ……。やられる……）

そう思った瞬間だった。

一本の矢が千尋の脇をかすめた。背後で孟槐が苦痛と怒りの咆哮《ほうこう》をあげる。

振り返った千尋の目に、孟槐が肩に矢が刺さったまま、ジグザグに走りだすのが映った。

（え……？）

ハッとして、見ると、谷を囲む山の稜線《りょうせん》にずらりと騎馬のシルエットが浮かびあがっていた。その数は、数百とも数千とも見える。

馬に乗っているのはそろいの銀色の鎧《よろい》を身につけ、赤い三角形の旗を掲げた兵士たちだ。

その中央に翻《ひるがえ》るのは、黄金色の糸で龍《りゅう》を刺繍《ししゅう》した四角い紅旗。

（な……に……？）

次の瞬間、軍勢のなかから一騎の騎馬がぬけだし、山の急斜面を一気に駆け下ってきた。

見事な葦毛《あしげ》の馬で、乗っているのは圧倒的な存在感を漂わせた武将である。手に銀色の槍を持っている。槍には赤い房飾りのようなものがついていた。

まるで、風に乗っているように葦毛の馬は疾走する。

二頭の孟槐たちが新たな敵を認め、すさまじい速さで武将にむかっていった。

手負いの孟槐は首をねじって矢をくわえ、ぬこうとしている。

軍勢のほうから、鬨《とき》の声があがる。

鬨の声をかき消すように、孟槐たちの咆哮が轟きわたった。

ザシュッ!

槍が閃《ひらめ》き、先頭にいた孟槐が腹から血潮をまきちらしながら地面に転がる。

つづく一撃で、さらにもう一頭の孟槐の喉から血が繁吹《しぶ》いた。

孟槐は喉を串刺《くしざ》しにされ、もがきながら地面に倒れこんだ。

(すげえ……。強い……)

その時、千尋は武将が馬の手綱《たづな》をとり、まっすぐこちらにむかってくるのを見た。

もう槍は持っていない。

陽《ひ》を弾《はじ》く銀色の鎧と鮮やかな紅の馬具。兜《かぶと》で顔の半ばは見えなかったが、形のよい唇は見間違えようがない。

(嘘……!)

どうして……と思った瞬間、武将の佩剣《けん》が一閃《いっせん》し、右手に迫った手負いの孟槐の首が飛んだ。

どうっと倒れる獣を馬で飛び越え、武将は千尋の前で手綱を引いた。

武将の背後で、三頭の孟槐が血みどろになって倒れている。

わずかな時間で、怖ろしい獣たちを屠《ほふ》った武将は軽々と馬から下り、千尋を見下ろした。

無造作に兜を脱いだ顔は、櫂と瓜二《うりふた》つだ。

蓬萊王《ほうらいおう》、龍月季《りゅうげっき》。

（嘘……！）

千尋は、呆然《ぼうぜん》として相手の顔を凝視していた。

「なんで……？」

若い小姓が駆けつけてきて、恭しく月季の兜を受け取り、白い布をさしだす。

月季は慣れた動作で獣の血に濡《ぬ》れた佩剣を拭《ふ》き、鞘《さや》におさめた。

そのあいだも、王の漆黒の目は一瞬たりとも千尋から離れない。

「どうした？　余の顔を見忘れたか？」

意地の悪い口調で、月季が尋ねてくる。

千尋は焦《あせ》って、首を横に振った。

「口がきけなくなったか？」

「いえ……ちょっとびっくりして……。あの……どうして、ここがわかったんですか？」

偶然にしても、できすぎていた。

月季はふ……と笑って、左手を持ちあげた。その中指に五爪《ごそう》の龍が巻きついた黄金の指輪が光っている。

（え？　あの指輪……オレのとそっくりだ。オレのは銀だけど）

「これがそなたのもとに導いてくれるのだ」

妖艶《ようえん》な声でささやかれ、千尋はまじまじと黄金の指輪を見つめた。

（ＧＰＳ機能搭載？　オレ、なんか発信させられちゃってる？）

慌てて指輪の革紐を首から外し、捨てようとして月季と目があった。

（やべ……）

「そなたの安全のためだ。身につけておくがよい」

千尋の心を読んだように、月季が言う。

「もしかして、これがあると、いつでも、オレの居所がわかるんですか？」

いくらなんでも、それは我慢ができない。

「むろん、そなたに危機が迫った時だけだ。……で、ほかに余に申すことはないのか？」

月季の目が、すっと細められる。

「あ……ごめん……なさい……。鵬雲宮《ほううんきゅう》を逃げて……」

言いかけたとたん、腰をぐいと抱きよせられ、千尋は息を呑んだ。

（う……そ……）

唇に唇が重なる。

千尋は耳まで真っ赤になって、月季の胸を押しやろうとした。

しかし、月季はそれを許さない。
貪《むさぼ》るように口づけられて、千尋は目を見開いた。
「んっ……！　ちょっと……やめ……っ……」
（バカ野郎！　ひ……人前で……こんな……！）
大勢の兵士たちが見守る前で、月季は千尋が息苦しくなるまでキスをつづけた。
力強い腕に腰を抱かれ、宝物のように髪を撫《な》でられる。
（なんで……こんなこと……。ダメだ……。なんだか頭がくらくらして……）
カクンと膝《ひざ》が砕けそうになる。
月季が力のぬけた千尋の身体《からだ》をささえてくれた。
千尋を見下ろす瞳には、誇らしげな光があった。
「来い」
言葉と同時に、ぐいと持ちあげられる。
（え……？）
一瞬の浮遊感の後、気がつけば、葦毛の馬の背に座らされている。
千尋は呆然として、馬の鬣《たてがみ》を見つめた。まだ、何が起こったのか、よくわからない。
次の瞬間、月季は慣れた動作で千尋の後ろに飛び乗り、馬上の人となった。
千尋は呆《ほう》けたように、腰にまわった月季の腕と黄金の指輪を見下ろした。

激しく口づけられた唇に、まだ月季の唇の感触が残っている。

「主上、県令の使用人どもを捕らえましたが、いかがいたしましょうか？」

その時、低い声がして、右手のほうから赤銅色《しゃくどういろ》の髪と水色の瞳《ひとみ》の美丈夫が現れた。銀色の鎧をまとい、兜をかぶっている。

美丈夫は姓を趙《ちょう》、名を朱善《しゅぜん》という。王を警護する禁軍の武官だ。

以前、千尋は朱善に捕らえられ、鵬雲宮の牢《ろう》に閉じこめられたことがある。

朱善は月季と千尋の熱烈なキスシーンを見ても、顔色一つ変えていない。

（こいつにも見られちまったんだ……）

千尋は真っ赤になって、視線をそらした。

後ろで、王が事務的な口調で言う。

「連行しろ。関江からの税収が落ち込んでいる件と、近年、関江に必要以上の武器が蓄えられている件について査門《さもん》せねばならぬ」

「は……」

朱善が恭しく応《こた》え、王の前を辞する。

（オレ、どうなっちまうんだろう）

びくびくしていると、月季が小姓から瑠璃色《るりいろ》の紗《しゃ》の披帛《かたかけ》を受け取り、千尋の頭からふわりとかけてくれた。

「え……？　これ……？」

「陽射しが暑かろう。肌が焼ける」

耳もとで聞こえた声は、優しい。

その気づかいが恥ずかしくて、千尋はうつむいた。

小姓も武官たちも、千尋が王の迎えにきたお気に入りの寵童だと察したようだ。

「さて、我らも行こう」

「どこへ……ですか？」

「県令の屋敷にな。そなたを預かってもらった礼を言わねばならぬ」

楽しげにささやかれ、千尋はびくっとなった。

（どうする気だよ？　何考えてんだ？）

けれども、月季はそれ以上、千尋に説明する気はないようだった。

月季が合図をすると、葦毛の馬は小姓の馬を連れて風のように走りだした。

千尋の視界の隅で、披帛がひらひら揺れている。

ほどなく、月季は下ってきた軍勢と急な山道の途中で合流した。

千尋と月季を乗せた葦毛の馬を先頭に、王の軍勢は津波のような勢いで谷間を走りぬけ、県令の屋敷を目指した。

二時間ほどで、行く手に関江の街が見えてくる。

すでに王の来訪が先触れされていたのか、軍勢が通る道の左右には関江と近隣の坊里《むらざと》の人々が並び、歓呼の声をあげていた。

街に入ると、歓呼の声はさらに大きくなった。籠《かご》からつかみだした紅い花びらを道にまく者たちもいる。

しかし、大歓迎は表むきだけで、街のそこここに好意的とは言いがたい表情の民衆の姿があった。王が柏州《はくしゅう》の神獣の祠堂《しどう》を壊そうとしたこと、そして、それが桃花巫姫《とうかふき》のおかげで失敗したことをみな知っているのだ。

だが、龍月季は兜と鎧を煌《きら》めかせ、千騎の兵を従え、威風堂々と駒《こま》を進めた。

その腕のなかに披帛に包まれた麗《うるわ》しげな少年が抱かれているのを見、人々は「新しい寵童さまだ」と噂《うわさ》しあった。

王が寵童を溺愛《できあい》しているらしいのは、県令の屋敷の門前で王自ら少年を抱え下ろしたことでも知れた。

見物人のなかにいた姜尚と叔蘭は人の波に遮られ、幸か不幸か、馬上の王と寵童の姿も、王が門前で寵童の手の甲にあたえた情熱的な口づけも見損ねた。

県令の屋敷の塀にとまった山鵲は、しかし、そのすべてを小さな黒い目で見届け、またどこかへ飛び去った。

＊

＊

湯気を透かして、角灯の炎が橙色《だいだいいろ》に見える。

ちゃぷん……と温泉の湯が揺れた。

氷輪の屋敷の一角にもうけられた浴殿である。

大きな翡翠色《ひすいいろ》の玉《ぎょく》の塊から彫りだして作ったという円い湯船は、縁《ふち》に鳥が彫刻され、芸術品のようだった。

湯船のなかには、夕方、関江の街外れの温泉から馬で運ばせた温かな湯がたっぷり入っている。

（なんで、オレ、こんなとこで風呂《ふろ》に入ってんだよ……）

千尋は湯船のなかで縮こまり、半泣きになっていた。

王と二人きりで、ほとんど喉《のど》を通らない夕食《ばんさん》の時間を過ごした後だった。

午後遅く、千騎の禁軍とともにこの屋敷に到着すると、氷輪が転がるように飛びだしてきて、王と千尋を迎え、最上の部屋に通したのである。

氷輪は慌てふためいて「お越しになるのは、明後日かと思っておりました」と何度も頭を下げていた。どうやら、禁軍の到着は予定よりも数日早かったようだ。

その後、下にも置かぬもてなしがつづいている。

たった二人のために、宴会のような量の料理が次々と運ばれ、踊り子たちが舞を披露してみせた。

今も、暗い庭のほうで笙《しょう》や笛の音がしている。

いったい、どうしてこんなことになってしまったのだろう。

櫂と一緒に学者に会いに行き、帰る方法を探すはずだったのに。

湯船の隣の部屋には、使用人たちが清潔な布や香油を用意して待っている。

それもこれも、今夜、蓬莱王の褥《しとね》にはべるためである。

(嫌だ。絶対やだ……)

しかし、屋敷の内でも外でも、禁軍の武官たちが二十四時間態勢で厳重な警戒を敷いている。氷輪の使用人たちも粗相があってはならないと、いつも以上にピリピリしながら千尋の一挙一動を見守っていた。

これでは、とても逃げだせそうにない。

「紅雪《こうせつ》さま、お背中をお流しいたしましょうか?」

隣室から、少年の声がかかる。使用人の誰かの息子らしい。女の人に裸を見られるのを恥ずかしがったため、気をきかせてくれたのだ。

その気づかいがよけいに恥ずかしい。

「いらねえ……」

「湯あたりされて、お疲れになってはいけません。何か冷たいものでも……」

「いいって。もうあがる」

千尋は、隣室のほうを振り返った。

「それでは、お身体をお拭《ふ》きいたしましょう」

「いらねえってば。……一人にしてくれねえ?」

「あ……失礼いたしました。では、私はこれで。……あの……きちんと隅々まで香油をすりこんでおいてくださいね」

(やめろ)

お湯は気持ちよかったのに、肩が凝りそうだ。

なんとか、少年を追いかえして、千尋は用意された真新しい袍《ほう》に身を包み、浴堂を出た。

袍は蘇芳色《すおういろ》の絹で、襟《えり》もとや袖口《そでぐち》に美しい刺繍が施されている。袴子《ズボン》も同じ色だ。

(どうしよう……。このまま、逃げられねえかな)

千尋は、そーっと庭の奥のほうに歩きだした。

背後から、家令の声が聞こえてきた。

「そちらではございません、紅雪さま。夜の庭は石に足をとられて転ぶこともございます。危のうございますので、どうぞお部屋のほうに」

（なあ……オレ、逃げてえって顔してねえか？　頼むから、空気読んでくれよ）

しかし、そんなことは言えない。

千尋は家令と使用人たちに先導されて、二階にある王の房《へや》にむかった。

＊　　＊

「それでは、ごゆるりとお過ごしください」

家令と使用人たちが恭しく頭を下げると、扉が閉まった。

千尋は、深紅と金で統一した豪華絢爛《ごうかけんらん》な房に取り残された。

最初の頃、千尋が軟禁されていた房より部屋数が多く、内装も華やかである。壁には、竹林と山を描いた巨大な墨絵がかかっている。

房の中央に天蓋《てんがい》つきの金色の寝台があり、褥《しとね》に深紅の花びらが隙間《すきま》なく敷きつめられているのが見えた。

室内にある金属はすべてピカピカに磨きたてられ、窓辺にも壁にも桃色や白の花々が飾られ、あたりには甘い香りが漂っている。

（帰りてえ……）

千尋はしばらく半泣きのまま、戸口に立っていた。
それから、そーっと扉を押してみる。
しかし、外から鍵《かぎ》でもかかっているのか、扉は開かなかった。
（うわ……やべえ。オレ、このまま、やられちまうのか？　どうしよう……）
膝が小刻みに震えはじめる。
本当に蓬莱王とそういう関係になってしまったら、もう櫂にあわす顔がない。
二度と、櫂は自分のことを親友あつかいしてくれないだろう。
（オレ……見捨てられて、一人ぼっちになっちまう……。そんなのやだ……）
どうして、こんなに気持ちが後ろむきになるのか、自分でもわからない。
櫂のことを信頼していたはずなのに、不安でたまらなくなる。
たぶん、櫂に本気で好きな人がいると知ったせいだ。
（櫂がいなくなるのはやだ。逃げなきゃ……）
千尋はもう一度、開かない扉を押してみた。
その時、艶《なま》めかしい声が背後から聞こえた。
「よく来た。待ちくたびれたぞ」
（ひっ……！）
恐る恐る振り返ると、青紫の袍をまとった月季が機嫌よさげな顔で立っていた。

(ダメだ。オレ……もう……)

半泣きになって、千尋は扉に背中を押しつけた。

月季は「ほう?」と言いたげな表情になって、片方の眉《まゆ》をあげた。王の顔はあまりにも
櫂にそっくりで、見つめているとどうしていいのかわからなくなる。

その左肩には、本当に傷はないのか。

「どうした。そのように怯《おび》えて。余はそなたをとって喰うつもりはないぞ」

からかうように言われ、千尋は思わず身を強《こわ》ばらせた。

強引に抱きよせられ、唇を奪われたら、どうしよう。

そのまま、寝台に連れていかれたら——。

しかし、月季はふっと笑って千尋から離れ、奥の黒檀の卓のほうに近づいていった。

「軽食を用意させた」

穏やかな声がそう言う。

(え……?)

卓の上には、花と一緒に銀の皿に盛られた菓子類やお汁粉のようなもの、美しく飾り切りされた果物、木の実などが並んでいた。

「夕餉《ゆうげ》の席で、そなたがほとんど食事をしていないのに気づかぬ余だと思うのか。汁物だけでは腹がすこう」

月季は卓に歩みより、青磁の茶器で手ずから茶をいれはじめる。その仕草はごく自然で、そのくせ無駄がなくて美しい。

（なんで……こんなに優しいんだ？）

千尋は目を瞬《しばた》き、恐る恐る卓に近づいていった。

それから、息を呑《の》む。

（嘘……！）

卓の端のほうに、見慣れたものが置かれている。三角に握った白いご飯が七、八個。

「お握《にぎ》り……！　なんで……!?」

海苔《のり》はついていないが、どう見てもお握りだ。

まさかと思うが、やはり蓬莱王は櫂なのだろうか。櫂でなければ、こんなものを用意できるはずがない。

胸の鼓動が速くなる。

「異世界から伝わった料理だ。柏州では粘り気のある米は育たぬので、鵬雲宮から持ってきた。そなたが懐《なつ》かしがるであろうと思ってな」

月季の声は、胸に染《し》みいるように優しい。

千尋は恐る恐るお握りに手をのばし、口もとに運んだ。

塩気と懐かしい米の味が、口いっぱいに広がる。

（おいしい……）

この時になって、自分が空腹だったということに気がついた。

食べ物がおいしいという、ただそれだけのことなのに涙が出てきた。

ずっと故郷の味が懐かしかった。

帰りたかった。

「うまいか？」

そっと尋ねられて、コクコクとうなずく。一つ食べて、まだ足りずにもう一つ口に運ぶ。

月季の眼差しが、ふんわりとやわらかくなる。

「それはよかった」

「なんで……オレのためにこんなこと……」

懸命に涙をこらえながら言ったら、変な声になってしまった。

寵童ならば、力ずくで抱くことだってできるだろうに。

自分がどれだけ抗《あらが》い、助けを呼んでも、王を妨げる者は誰一人としていない。

それなのに、どうして、この櫂そっくりの青年は自分を甘やかすのだろう。

大事にしてくれても、なんの得もないのに。

（オレがこいつのこと、好きになるって保証もねぇのに……。バカみてぇじゃん。バカすぎる……）

やはり、王はどこかで櫂に似ているのかもしれない。

「まず座るがよい。そして、泣くか食べるか、どちらかにしたらどうだ」

苦笑気味に言われて、千尋は慌てて黒檀の椅子《いす》に座った。

月季も千尋の前にお茶の碗をそっと置き、椅子に腰を下ろした。

「あ……どうもありがとうございます」

「やはり、そなたは異世界の料理のほうが食が進むようだな。明日も同じものを用意させよう」

月季は卓に軽く肘《ひじ》をつき、幸福そうな表情で千尋の様子をながめている。

そんな顔をされると、目の前にいるのは櫂ではないかという妖《あや》しい錯覚を起こす。

（どうして、こんなに似てるんだろう……）

近くで見ると、月季の睫毛《まつげ》は意外に濃くて長い。形のよい唇もやや薄めだが、本当に綺《き》麗《れい》だ。

チラリと青紫の袍の左肩を見、千尋は慌てて視線をそらした。握り飯に意識を集中する。

最後の一口を飲みこみ、空になった碗を卓に置いた。

月季が優美な仕草で、千尋の碗に茶を注ぐ。どちらが主《あるじ》かわからない。

（なんか……調子狂っちまうな……）

まるでこの世の終わりのような絶望的な気分でやってきたのに、豪奢《ごうしゃ》な房のなかには暖かな空気が満ちている。

「ふ……わ……」

うっかり大欠伸《おおあくび》が漏れて、千尋は慌てて口を押さえた。

夜になったら、すぐに眠る生活をしていたところに満腹になっては、もうたまらなかった。睡魔が駆け足でやってくる。

千尋は目を瞬き、欠伸を噛《か》み殺《ころ》した。

「眠そうだな」

笑みを含んだ声で、月季が言う。

「大丈夫です。あの……どうして、こんなことしてくれるんですか？」

初対面の時ならばいざ知らず、今の月季は自分が桃花巫姫として臥牛《がぎゅう》に現れ、王の軍を敗走させたことを知っているはずだ。

なぜ、敵かもしれない自分を大切な客のようにもてなすのだろう。

「わからぬのか。そなたが愛《いと》しいからだ」

臆面《おくめん》もなくそう言い、月季は笑った。

千尋は返答に困って、うつむいた。

（そんなこと言われても……）

以前にも「好きだ」と言われたことがある。

だが、覇王《はおう》の愛情表現をどこまで真に受けていいのだろう。

戯《たわむ》れの可能性だってある。自分が王の言葉を本気にして、狼狽《うろた》えるのを面白がっているだけかもしれない。

本気で言われていても、それはそれで困るのだが。

「でも、オレ……臥牛で大学にいました。学生のみんなと一緒に……。もう知ってると思いますけど」

「桓《かん》将軍から、報告は受けた。桓は柏州軍の責任者だが」

「じゃあ、オレ……王さまの敵じゃないんですか？」

本当は、もっといろいろ訊《き》きたいことがある。

なぜ、柏州大学に立てこもった長風旅団《ちょうふうりょだん》の学生たちを攻めるのに地狼を放ったのか。

なぜ、神獣の祠堂を破壊し、この世を闇《やみ》に沈めようとしているのか。

それがこの国を滅ぼす行為だと、知らないはずはないのに。

目の前で穏やかに自分の相手をしてくれる王が、一面では残酷で悪逆非道の覇王だという事実が千尋にはどうしても理解できなかった。

（よけいなこと訊いて怒らせたくねえ……。でも……こんなにまともそうに見えるのに、

どうして、あんなことするのか知りてえ)

たぶん、自分は月季のことを憎みたくないのだ。

だから、納得させてくれるような「理由」を欲しがっている。

月季は梨をとり、小刀で器用に皮をむきはじめた。

「余のことは主上と呼ぶがよい。褥《しとね》のなかでは、月季でもかまわぬがな」

クス……と笑われ、千尋は居心地の悪さを感じた。

(褥って……。やっぱ、あきらめてねえのか。オレとえっちすること……。そりゃそうだよな。その気がなけりゃ、寵童にはしねえもんな。でも、なんとかして、あきらめてもらわねえと……)

とはいえ、相手が最高権力者なだけに、千尋のほうからお断りするのは難しい状況だ。

下手な対応をとれば、ただではすまない。

困っていると、月季が静かに言った。

「余は、そなたのことを敵だとは思っておらぬ。余が愛しいと思っているのは、小松千尋であって桃花巫姫ではない」

月季の眼差しが深くなる。

「そなたは、桃花巫姫として生きたいと思っているのか?」

「え……いや……わかんねえ……じゃなくて、わかりません」

それは、正直な気持ちだった。

自分が神獣たちに必要とされているらしいことは薄々知っていたが、一生この世界で生きていくほどの覚悟はない。

いつも、帰りたいという気持ちが先に立っている。

「オレ……主上は怒るかもしれませんけど、やっぱり帰りたい……」

声は後半にいくにつれて、小さくなってしまう。

怒られるだろうか。

しかし、月季は怒らなかった。

ただ、切なげな目をして、千尋をじっと見つめてくる。

「異世界から来た桃花姫は、やはり異世界に戻りたいか」

(姫じゃねえし)

月季が皮をむいた梨を銀の小皿にのせ、そっと千尋の前に差し出してくる。

千尋はためらい、恐る恐る梨の一切れを両手で口もとに運んだ。シャリッと嚙《か》んだとたん、甘い匂《にお》いと瑞々《みずみず》しい果汁が口いっぱいに広がる。

(あ、これ、けっこううまい)

「戻りたいです。……できるなら」

「そうか」

月季も梨を口に運び、寂しげに笑った。

二人はしばらく黙りこんで、同じ一つの果物を味わっていた。

「桃花巫姫は代々、異世界から来る。そなたの前にも三人の桃花巫姫がいた。初代と二代目は役目を果たした後、もとの世界に戻った。だが、三代目はこの国に残り、蓬萊の男と結ばれた。その子孫は王となった。それが、余の先祖だ。そなたには戻る以外の選択肢もあるのだぞ。余のもとで、ともに暮らすという道もな」

やがて、ポツリと月季が呟いた。

花の飾《かざ》り格子《ごうし》の入った窓の外から、かすかに笛の音が聞こえてくる。

(それは無理だって……)

言いたいけれども言えなくて、目を伏せる。

月季は、小さなため息をついた。

「すまぬ。余は、そなたを困らせているようだ」

「いえ……主上の気持ちは、すごくうれしいです」

ただ、男としてはとても受け入れられない。

「今の段階で言われても困る……な。わかっている。そなたは、まだ余のことを何も知らぬ。いずれは、話さねばならぬだろう……」

「何を……ですか?」

千尋の問いに、真摯《しんし》な瞳がじっとこちらを見返してくる。

「すべてを」

「すべてって……？」

千尋には、月季の言葉の意味がわからない。

（なんか隠してるみてぇな言い方じゃん……）

櫂と同じ顔をしている秘密……だろうか。

「まさか、実は櫂だなんて……言わないですよね？」

冗談めかして笑って言ったが、その声は自分でもわかるくらい緊張し、かすかに震えていた。

月季は謎《なぞ》めいた瞳で千尋を見、ふっと微笑《ほほえ》んだ。

「疑い深いな、そなたは。傷があるかどうか、また調べたいか？」

白い指が、艶めかしい仕草で青紫の袍の左肩に触れる。

「え……？　いえ、遠慮しときます……」

（やべえ、やべえ。危うく、誘導尋問にひっかかるところだった）

見せろと言えば、見せてくれるだろうが、その後に待っているのは「余を脱がせた責任をとれ」だろう。

まったく油断も隙もない。

千尋は動揺を隠そうと、お茶の碗を口もとに運んだ。

月季の視線がふっと動いた。

(うーん……。こういう感じなのかな……。女の子が『あ、今、こいつに胸見られてる』ってピンとくる感覚って……。オレは胸じゃねえけど……)

以前はそんな感覚はわからないと思っていたが、いざ、そういう立場になってみると相手の視線がどこに来ているか、なんとなくわかる。

今は、お茶で濡れた唇を凝視されている。

(マジ、やばいんですけど……)

こんな時だというのに、欠伸が出る。

千尋は涙目になった目をこすり、何度も瞬《まばた》きした。眠らないぞと自分に言い聞かせるそばから、また欠伸が漏れた。

月季が軽く笑って、立ちあがった。

「余が目の前にいるというのに眠くなるとは、けしからぬ寵童だ」

「あ……すみません」

「だが、自然の摂理だな。叱《しか》りはすまい」

えっ……と思った時には、もう月季は千尋の前に屈《かが》みこみ、膝の裏と腋《わき》の下に腕を入れ、抱きあげようとしている。

月季の髪が揺れた拍子に、ほのかに麝香《じゃこう》のようないい匂《にお》いが鼻をくすぐった。

「ちょっと……待てっ！　待ってください！」

焦って、千尋は月季の腕から逃れようとした。

しかし、月季はふわっと千尋を抱えあげ、寝台にむかって歩きだす。

「この余が運んでやろうというのだぞ。暴れることは許さぬ」

笑みを含んだ声が、耳のすぐ側《そば》で聞こえた。

（フラグ立ったー⁉　オレ、なんか答えの選択肢《せんたくし》間違った？　リセットボタンはどこだーっ⁉）

ジタバタしていると、ふいに勢いよく放《ほう》りだされた。

背中が、ぼすっと深紅の花の褥に沈みこむ。真上に紅の天蓋と金の柱が見えた。

（ぎゃあああああああーっ！　逃げる！　オレ、逃げる！）

慌てふためいて、千尋は起きあがろうとした。

香り高い花びらが、床にこぼれ落ちる。

そんな千尋の上に、月季が身を屈めてきた。

ひんやりとした長い黒髪が、帷《とばり》のように褥に垂れ下がる。

（あ……）

びくっとして、千尋は動きを止めた。

千尋を見下ろす月季の瞳には、切なげな色があった。

「余が信用できぬか？」

ささやく声には、今までと違った響きがある。

千尋はわけもなくドキリとして、首を横に振った。

「そなたが嫌がるようなことは何もせぬ。そなたの眠りの邪魔もすまい」

すっと月季が離れた。その動きで、また褥から花びらが落ちる。

（あ……）

もしかしたら、疑ったせいで傷つけてしまったろうか。

「すみません。あの……」

言いかけた千尋は、月季が当たり前のような動作で白い夜着に着替えはじめるのを見、全身を緊張させた。

かすかな衣擦《きぬず》れの音とともに青紫の袍が落ち、引き締まった背中が見える。

その左肩には、やはり傷痕《きずあと》はない。

わずかに褥が沈みこみ、隣に月季が横たわった。

（なんで隣に寝るんだよ……⁉）

鵬雲宮では千尋に寝台を譲り、長椅子に寝ていた月季である。

とはいえ、ここは鵬雲宮ではなく、県令の屋敷だ。

いわば客として訪れた場所で、王を長椅子に寝かせるわけにもいかないだろう。
(それは……そうなんだけど……)
緊張したまま、身を強ばらせているうちにうとうととしたようだった。
身体がかくんとなった気がして、千尋はハッと目を見開いた。
(やべ……。今、寝てた……)
「かまわぬから、眠れ」
そっと白い手がのびてきて、肩を抱きよせられる。
千尋は、全身を硬直させた。
(もうダメだ……。やられる)
しかし、月季は千尋を抱きしめたまま、動かなかった。
鵬雲宮から逃れて再会した夜、櫂が自分を抱き枕《だきまくら》にして眠ったように。
千尋は月季の胸に顔を押しつけ、その少し速い胸の鼓動を聞いていた。
怖ろしい覇王だと聞いた。
それなのに、密着した身体は他の人間と変わらない。
この身体のどこに、そんな苛烈《かれつ》な魂が隠されているのだろう。
警戒したまま、時が移る。
壁に映る月影が床に長くのび、卓の上の茶器を照らしだす。

月季は、眠りに落ちたようだった。

もしかしたら、政務と関江への移動で疲れていたのかもしれない。

（そろそろ大丈夫かな……）

千尋はそーっと月季の腕を解き、寝台から滑り出ようとした。

その時、背後から足首をつかまれる。

（ぎゃっ！）

振り返ると、月季が目を開いて、こちらを見ていた。

「逃げるのか」

「ち……違います。そんなつもりじゃ……。お茶……お茶飲みたくて」

足首をつかんだ指が、つっと脹《ふく》ら脛《はぎ》を撫であげる。

千尋は半泣きになって、動きを止めた。

月季の瞳に意地の悪い光が浮かんだ。

「余が不埒《ふらち》な真似《まね》をすると思っているのか」

「え……いえ……そんなこと……」

（してるじゃん！）

突っ込みたいが、今はそれどころではない。

「余が、嫌がるそなたを無理やり抱くと思っているのか」

「いえ……思ってません……」

「余は、そなたにとってなんだ？」

真剣な眼差しに射すくめられ、身体が震える。

「え……？　わかりません……」

「教えてやろうか」

声には、妖艶《ようえん》な響きがあった。

（やべ……）

千尋が寝台から飛び出そうとするのと、月季がその身体を捕らえて引きずり戻すのは同時だった。

「やめろっ！　放せ！」

「放さぬ」

強引に寝台に押し伏せられ、耳もとで笑っているような月季の声を聞く。

「余を疑った悪い寵童に、お仕置きをせねばなるまい」

（やばい……！）

「ごめん……なさい……。オレ、ちょっと緊張して……。すみません！　もう逃げませんから！　だから……放してください……」

震えながら、身体の力をぬく。

月季の手が千尋の顔を包みこみ、宝物のようにそっと髪を撫でた。

(何……されるんだ……)

不安に身を強ばらせる千尋の瞳を、漆黒の瞳が深々とのぞきこんできた。

「桃花」

吐息がかかり、熱い唇が重なってくる。

キスのあいだも、月季は目を閉じない。

互いに見つめあったままだと、どうしていいのかわからなくなる。

(気……気まずい……。目そらしてほしい。……っていうか、オレが目閉じればいいのか。でもでも、そんなことしたらOKしてるみてぇで……!)

息苦しくなって顔をそむけると、月季の唇が追いかけてきて、唇をふさぐ。

薄く開いた唇の隙間から、男の舌が入りこんでくる。

千尋の背筋がゾクリと痺《しび》れた。

「や……だっ……」

千尋の指のあいだに月季の指が滑りこみ、指をからめるようにして強く握られる。

互いの胸が密着している。

トクントクンと速く鳴っているのは自分の胸なのか、月季の胸なのかわからない。

「そのような目をするな、桃花」

月季の指が、千尋の濡れた唇をそっと撫でた。

千尋は眉根《まゆね》をよせ、月季の肩に爪《つめ》をたてた。

月季の瞳に妖艶な光が浮かぶ。

「仕置きのつもりだったのに、止まらなくなる」

「え……？」

喉もとに濡れた唇が押しあてられた。

「そなたが悪い」

全身でのしかかられて、千尋は大きく目を見開いた。

むしりとるように袍を脱がされ、噛みつくように口づけられても、まだ何が起こっているのかわからない。

ただ、さっきまでと違って、月季の指があらぬ場所に滑りこんでくるのだけがわかる。

むきだしの肩に歯を立てられて、背筋に妖《あや》しい震えが走った。

「なんで……」

「許せ、桃花。そなたが欲しい」

「やだ……！　やめろ！」

長い指に胸の突起を探りあてられ、執拗《しつよう》にいじられると身体の芯《しん》が甘く痺《しび》れはじめる。

（ダメだ……。こいつと……そうなっちまったら、櫂に嫌われちまう……！）

絶対に、燿は嫌がる。

蓬莱王に抱かれ、本当に寵童になってしまった自分のことを軽蔑《けいべつ》するだろう。

(嫌だ……！　助けて！　燿！)

叫ぼうとする唇を唇でふさがれ、千尋は呆然と目を見開いた。

あふれでた涙が、花の褥に吸いこまれていく。

＊　　＊

同じ夜だった。

県令の屋敷の一階の窓の格子が、ゆっくりと外された。

そこから、大きな布の袋が押しだされ、地面に落ちる。

つづいて、氷輪が窓から這《は》いだしてきて、布袋の側に着地する。

氷輪はあたりをキョロキョロ見回しながら、布袋を拾いあげ、肩に担いだ。地面に落ちた拍子に袋の口が少し開き、黄金の盃《さかずき》や玉《ぎょく》の飾り物、宝石をちりばめた宝剣などが顔をのぞかせる。

さっきまで巡回していた兵たちは、今はいない。

氷輪は足音を忍ばせ、ゆっくりと裏門にむかって歩きだした。

その行く手に、黄金《こがね》の瓦をふいた四層の高楼《こうろう》が見えてくる。

「母上……」

高楼を見上げ、氷輪は袋を背負いなおした。

その背後から、冷ややかな声がする。

——どこへお行きだえ?

「ひっ……!」

氷輪は息を呑み、恐る恐る、後ろを振り返った。

そこにはいつの間にか、山鵲が飛んでいた。闇《やみ》のなかで、目が妖しく光っている。

「お……お許しください……! 私にはもう無理でございます! 王の前で県令のふりなど、できません」

——だからって、金目のものをかき集めて逃げようっていうのかい? いくじのないこと。

クッと冷たく笑う声がする。

氷輪はおどおどしながら、うつむいた。

「貴妃さま、物事には潮時というものがございます」

——お黙り!

「ひっ! お許しを! お許しを!」

氷輪は頭を抱えて、悲鳴をあげた。

その目の前が淡く光り、光のなかから小さな玻璃《はり》の瓶がポタリと落ちた。瓶のなかには、白い粉のようなものが入っていた。

——そなたには、これをやろう。

「なんでございましょうか……？」

——眠り薬だ。これで、邪魔な禁軍の連中を眠らせるがいい。その隙に、あの寵童を殺すのだ。

山鵲は氷輪の肩にとまり、妖艶な声でささやく。

「し……しかし、王は用心深くて、かならず毒味を……」

——安心おし。間もなく、王は亮天《りょうてん》に戻る。そう……明日の朝にはいなくなるだろう。そうなれば、そなたの仕事もやりやすくなる。頼んでよいね、肉芝《にくし》や。

「は……はい……」

——そなたが逆らえば、すぐに私にわかるよ。よい子だねえ、肉芝。私の言うことには逆らうまいね？

氷輪は声も出ず、こくこくとうなずいた。

山鵲は満足げに氷輪の頬を軽くつつき、関江の夜空に飛びたっていった。小鳥の目のかすかな光が後光のように尾を引いて、深い闇のなかに消えていく。

＊　　＊

夏の短い夜は去り、窓の外が白みはじめる。

王の寝所には、甘い香りが立ちこめていた。夜のあいだに開いた白い花が、濃艶《のうえん》な香りを漂わせている。

深紅の花の褥の上で、千尋は身を丸め、涙を拭《ぬぐ》っていた。一糸まとわぬ姿だ。隣に上半身裸の月季が座っている。

「そこまで怒ることもあるまい」

憮然《ぶぜん》とした口調で、月季が言う。

王の二の腕には、千尋が嚙みついた歯形がうっすらと残っている。

「だって……」

「仕置きだと言ったではないか。そなたがあまり怯えるから、興《きょう》に乗っただけだ。そなたの同意なしに抱くつもりはない」

（なら、脱がすなよ。バカ野郎！）

半泣きの千尋の肩に、月季がふわっと蘇芳の袍をかけてくれる。

千尋は月季に背をむけ、頭から袍をかぶった。

完全にすねている。

「すまなかった。そなたの心が手に入るまで、このような真似はしないと決めたものを。許せ」

背中から袍ごとギュッと抱きしめられて、千尋は全身を強ばらせた。

危機はまだ去ったわけではない。

(助けて……耀……)

その時だった。

遠慮がちに扉を叩《たた》く音がした。

(あ……)

もう一度、同じ音がする。

「主上。恐れながら、非常事態でございます」

扉のむこうから、恐縮しきったような朱善《しゅぜん》の声が聞こえてきた。

背中にのしかかる月季の重みが、ふいに消えた。

慣れた動作で自分の袍を羽織り、王は苛立《いらだ》ったように扉に近づいていく。

「何事だ?」

尋ねる声は、不機嫌そのものだった。

「お許しください、主上。たった今、早馬が到着いたしました。王都にて丞相《じょうしょう》殿が襲撃を受けられた由《よし》にございます。丞相殿は重傷とのこと」

「なんだと？」

月季の口調が変わった。

「扉を開けよ」

王の命に応えて扉が開く。

そこには、藍色《あいいろ》の袍をまとった朱善が跪《ひざまず》いていた。朱善は寝台の上の千尋を見て、いけないものでも見たようにハッと視線をそらし、深々と頭を下げる。

「くわしく話せ」

「は……」

月季が廊下に出ていくと、扉は音もなく閉まった。

（助かった。今のうちに……）

千尋はよろめきながら寝台から降り、自分の袍を身につけた。しかし、数歩歩いて膝が砕け、寝台の柱につかまってしまう。

（あのエロ野郎！　櫂じゃねえ！　絶対、櫂じゃねえ！　オレの櫂はあんなんじゃねえからな！）

朱善が来てくれなければ、危ないところだった。

いや、今日のところは無事だったとしても、次の晩はもう逃げられないかもしれない。

千尋は月季の唇が触れた首筋を押さえ、ブルッと身震いした。

男に抱かれるのは怖ろしい。

だが、それ以上に櫂に嫌われるのが怖かった。

櫂を失いたくない。

（オレ……このまま帰れないで寵童として暮らすのかな。櫂にも会えないまま、あいつのお稚児《ちご》さんにされて……）

花の飾り彫りのある格子窓の外には、薄明の空とひとひらの雲が見える。

あの雲のように自由に漂って、櫂のところまで行けるものならば。

＊　　＊

蓬莱王に火急の知らせが届いてから、二日が過ぎた。

千尋は三百騎の禁軍に護《まも》られ、馬で街道を王都にむかっていた。

県令の屋敷を出たのは、午後だった。

屋敷に入る時と同じように、関江の人々が歓呼の声で王とその寵童を見送った。

千尋は人々のあいだに、麗玉《れいぎょく》の姿を見た。

麗玉は寵童である千尋を見、呆然としたような顔をしていた。

（ごめん……。隠してたわけじゃねえんだ……）

県令を人間に戻すこともできず、麗玉に助けてもらったお礼を言うこともできないまま、関江を去っていかなければならないのは心残りだった。

氷輪から遺跡のことも聞けなかった。

いや、あんな化け物になってしまっていては、遺跡のことなど覚えているかどうか。

馬の背に揺られながら、千尋はため息をついた。

柏州と蘭州《らんしゅう》の境《さかい》は、もうすぐだ。上り下りの多い道はしだいに下り坂になっていく。

この坂を下りきれば、街道は谷間の曲がりくねった道になり、そのむこうに金門関《きんもんかん》と呼ばれる関《せきしょ》が見えてくる。

陽は、すでに西の空に傾きかけている。

今夜は、蘭州に入ってすぐのところにある街道の宿で泊まることになっていた。

このあたりまで来ると、もう見送りの人々はいない。

「お疲れではございませんか、主上。千尋さま」

栗毛《くりげ》の馬が近づいてきて、朱善が話しかけてくる。

「あ……はい……」

千尋は朱善に答え、隣で馬を進める長身の武将をチラリと見た。

主上と呼ばれた長身の武将は、ずっと口をきかない。

龍月季ではなく、影武者なのだ。兜で半ば顔が隠れているせいで、別人だとはわからない。

本物の月季は朱善から報告を受けた直後、王専用の妖獣、応龍《おうりゅう》を用意させ、慌ただしく千尋に事情を話し、明け方の空に飛びたっていったのだ。

月季の出立とともに、千人の禁軍のおよそ三分の二——七百人の兵たちも馬で王都にとってかえした。

残りの三百人は、千尋の警護に残された。

月季は出発前、千尋にもう一泊、県令の屋敷に泊まり、翌日の午後に影武者をたて、残りの三百名の兵たちとともにゆっくり王都にむかうように命じた。

丞相の襲撃事件は、まだ周囲には伏せておかねばならない。

だから、王はお気に入りの寵童とともにのんびり移動していると思わせねばならなかったのだ。

——そなたも、くれぐれも身辺に気をつけよ。王都に戻るまで、朱善の側を離れぬように。それから、指輪はそなたの身を護るものだ。捨ててはならぬぞ。

気づかうような言葉を残し、王は金色《こんじき》の雲がたなびく空に消えた。

結局、あの後、月季は千尋には触れてこなかった。

月季と離れられて、千尋は少しホッとしていた。王がいなくなれば、逃げだす隙もでてくると思ったのだ。

しかし、三百人の護衛は多すぎる。

このままでは、なす術《すべ》もなく王都まで連れていかれてしまいそうだ。

(櫂と離れ離れになっちまう……。せめて、オレが連れていかれるって伝えられればよかったんだけど……)

刻一刻と、千尋は関江から遠ざかる。

千尋は、肩ごしに振り返った。

騎馬の後ろのほうに、糧食や水を積んだ荷馬車が何台も見える。

荷馬車の少し前には、馬に乗った陳《ちん》氷輪と数人の役人たちの姿があった。

柏州と蘭州の境までは、県令が同行するのだという。

氷輪は薄気味が悪いくらい低姿勢で、さっき小休止した時にも三百人の兵たち全員に用意してきた糧食を自らくばり、甘茶をふるまっていた。

満腹になったせいか、欠伸をする兵の姿も見られた。

「天気に恵まれて、よろしゅうございましたな、千尋さま」

恭《うやうや》しく、朱善が言う。

以前に会った時には「小僧」だの「貴様」だのと呼ばれていたのに、こんなに丁重にされると居心地が悪くてたまらない。

「あ……あの……もう少し前みたいにしゃべってもらえませんか？」

千尋は周囲を見まわし、声をひそめて言ってみた。

しかし、朱善は「とんでもない」と言いたげな顔をする。

「主上の大切なかたに、馴《な》れ馴《な》れしい物言いなどできませぬ。以前の無礼は、どうかお許しいただきたい」

「……はい」

しょんぼりして、千尋はうつむいた。

朱善だけではなく、周囲のすべての兵たちに深窓の姫君のように丁重にあつかわれているが、それに怒る気力ももうなかった。

（……っていうか、こいつ、何事もなかったみたいな顔してるけど、二日前の晩、オレがあいつと……そういうことになったと思ってるんだろうな。……っつーか、一緒にいる奴《やつ》ら、全員、そう思ってるんだ。すげぇ嫌……）

考えるだけで、恥ずかしくて、あらぬことを叫びながら走りだしたくなる。

捨てるなと厳命された五爪龍の指輪は、絹の袍の下に革紐《かわひも》でぶらさげてある。これがあるかぎり、自分はずっと身分を保障されるのだ。

符券《ふけん》がなくとも、柏州から蘭州へ渡っていくことさえできる。

（でも、むこうに着いたら鵬雲宮に閉じこめられるんだ……。その前に逃げねえと、やば

い）

　以前、逃げるのを助けてくれた香貴妃も二度は同じことはしてくれないだろう。

　櫂の消息がつかめないのも、気がかりだった。

　まさか、あのまま、どこかへ行ってしまったわけではあるまい。

　再会してすぐの頃に、巫子姫《みこひめ》である自分がいなければ、五行《ごぎょう》の門が開かないと言っていたので、帰るつもりなら、きっと助けにきてくれるだろう。

　たとえ、自分のことが嫌になっていても、切り捨てるわけにはいかないはずだ。

　そんな打算的なことを思って、千尋は少し凹《へこ》んだ。

（どうして、オレ、櫂のこと信じてやれねえんだろう……。親友じゃねえか）

　そう思いながらも、不安が消えない。

　これが、単純に月季に捕らえられ、力ずくでレイプされてしまったというだけなら、櫂も許してくれたかもしれない。

　だが、寵童となれば、話は別だ。きっと、軽蔑されてしまう。

（そういう身分を受け入れたってことだもんな……。オレの意思じゃねえのに）

　馬を進めていくうちに、しだいに空気がひんやりしてきて、あたりに霧が立ちこめはじめた。

「霧が出てまいりましたな。この季節にしては、珍しゅうございます」

朱善が、あたりを見まわして言う。

その時、左隣にいた兵士が馬から転げ落ちた。

（え？）

兵士は落ちても気づかないのか、仰向けになり、鼾《いびき》をかいている。

さらに後ろでもドサッと音がして、兵士が転げ落ちた。あちこちで、馬の首に身体を伏せ、熟睡している者がいる。

「これは……」

朱善が息を呑んだ。数秒遅れて、厳《いか》つい顔に理解の色が閃く。

「あの甘茶と糧食か……！　県令はどこだ!?」

「県令は、見あたりません！」

少し離れたところから、部下の叫びがかえってくる。

「逃げたか……。追え！　逃がすな！」

朱善の命令に数人の部下たちが「はっ」と答え、荷車のほうに馬を走らせていった。

その左右で、次々に兵たちが眠りに落ちていく。

（なんで爆睡してんだよ……。甘茶と糧食って……そういうことか？）

千尋は、身震いした。

朱善が手をのばして千尋の手綱をつかみ、馬を止める。

「お気をつけください、千尋さま。先ほど、小姓が用意したもの以外に何か飲まれましたか？　兵たちと同じものは？」

「飲んでねえけど」

王が固く言いつけていったので、千尋は毒味係が確認したものしか口にできない。糧食も別に用意されていた。

「それはよろしゅうございました」

ひんやりと冷たい霧が、二人のまわりを流れていく。

（ずいぶん寒いな）

千尋の乗った馬が、不安げに鼻をブルルと鳴らした。

朱善が低く言った。

「風に陰の気が混じってまいりました。千尋さま、ご注意ください」

「陰の気……？　なんかいるのか？　地狼とか」

「わかりません。用心してまいりましょう。この朱善、一命を懸《か》けて、千尋さまをご無事に王都までお送りいたします」

安心させるような笑顔で、朱善が言う。
七、八人の兵たちが千尋と朱善のまわりに集まってきて、王の寵童を護るように移動しはじめた。

乳色の霧はしだいに濃くなり、数メートル先が朧《おぼろ》気《げ》に霞《かす》みはじめる。
冷たい霧に包まれて、千尋は身震いした。
ついさっきまで大気は暖かく、木々のあいだを吹きぬける風も心地よかったのに。
ふいに、千尋の先をゆく影武者の馬ががくっと体勢を崩した。
不安げな嘶《いなな》きが響きわたる。
（え？　どうしたんだ？）
そう思った瞬間、影武者が叫んだ。
「沼地だ！　道が違う！　止まれ！」
しかし、警告は遅かった。
千尋の馬もやわらかい沼の表面を踏み、後ずさった。
その左右で、武官たちの馬が泥に足をとられ、どうと倒れる。
「うわあああーっ！」
叫びに驚いたのか、千尋の馬は方向を変えて走りだした。
（やべ……）
「千尋さまっ！」
真っ白な霧のむこうから、朱善が追いかけてくる気配があった。
千尋は馬の鬣《たてがみ》に必死でしがみつき、転げ落ちまいとする。

だが、身体がずるりと滑りはじめる。

（ダメだ……）

その時、背後から蹄《ひづめ》の音が迫ってきたかと思うと、ぐいと腕が出てきて、誰かが千尋の身体を引きあげてくれた。

（誰だ？　櫂？）

しかし、櫂とは違うようだ。

助けてくれた誰かはそのまま、千尋の馬と併走している。

霧を透かして、褐色の髪と長身の身体が見えた。

「騒ぐなよ、千尋」

かすかな声がして、相手が千尋の馬に飛び乗ってきた。そのまま手綱をとって、混乱のなかから走りだす。

（この声……）

千尋は、呆然として相手の背中を凝視した。

第四章　月光、楼《ろう》を照らす

「危ねえところだったな、千尋《ちひろ》」

聞き覚えのある声がして、乗り手が振り返った。

褐色の髪に青い布が帕《はちまき》のように巻かれているのが見える。

（姜《きょう》尚《しょう》さん……）

千尋は、目を見開いた。

「なんで、姜尚さんがこんなところに……？」

「おまえが捕まったと櫂《かい》に聞いてな。よけいなお世話かと思ったが、助太刀《すけだち》に来た」

男性的な顔に、照れ臭そうな表情が浮かんでいる。

「櫂に？　じゃあ、あいつ、姜尚さんたちと一緒に行動してるのか？」

ホッとして、千尋は尋ねた。

姜尚は片手で手綱《たづな》をとりながら、顎《あご》を撫《な》でた。

「いや。別行動だ。ちょっと前、関江《かんこう》の外れで会ったんだが、翼龍《よくりゅう》でどっかに行っちまった。だが、あいつのことだ。絶対、何か考えがあるはずだ。ひょっとすると、とっくに戻ってきて、県令《けんれい》の屋敷を見張ってたかもしれん」

（げ……）

まさか、自分が県令の屋敷で、王の褥《しとね》にはべるために風呂《ふろ》に入れられたことを知られてはいないだろうか。

もし、知られていたら、生きていけないと思った。

（舌噛《か》んで死ぬ……。絶対、やられたって思われる。最低だ……）

後ろのほうで、沼にはまった馬たちが悲しげに嘶《いなな》いている。

だが、騒ぎのわりには兵たちの声がしない。

姜尚が前をむいた隙に、千尋はこっそり首にかかっていた革紐を外し、五爪龍の指輪を投げ捨てた。

指輪を持っているかぎり、どこに逃げても居所が王に筒抜けだ。姜尚まで危険にさらすわけにはいかない。

姜尚は、千尋が指輪を捨てたことには気づいていないようだ。

ふいに、千尋と姜尚を乗せた馬が跳躍した。

（うわ……！）

息を呑《の》み、下を見た千尋の視界に地面に倒れている兵士の姿が映った。

馬は兵士を踏まないように、飛び越えたらしい。

気がつけば、道のあちこちに兵士たちが転がっている。乗り手を失った馬は所在なげに兵士の側《そば》に立っていたり、勝手に走りまわったりしている。兵はみな、眠っているようだ。

「いったい、どういうことだ、これは？」

姜尚が呆《あき》れたように呟《つぶや》く。

「途中で眠り薬、飲まされたみたいなんだ。さっき休んだ時、県令が甘茶と食いもの配ってたから……」

「ほう？　化け物だと聞いたが、ますますわからなくなってきたな。県令の狙《ねら》いは王なのか。それとも、他に何か目的があるのか」

「さあ……。オレもよくわかんねえ……」

影武者の王を狙ったのか、寵童《ちょうどう》である自分を狙ったのか。

だが、それを口にするわけにはいかない。

困っていると、霧のむこうから蹄《ひづめ》の音が近づき、葦毛《あしげ》の馬に乗った銀髪の美青年——叔《しゅく》蘭《らん》が現れた。

叔蘭は千尋を見、安堵《あんど》したような表情になった。

「千尋さま！　よかった。ご無事で。お怪我《けが》はありませんか？」

「叔蘭さん！　二人で来てたのか？」

そう言ったとたん、足もとで、まーという鳴き声がした。

（へっ？）

見下ろすと、いつの間にか白黒の生き物が馬と並んで走っている。

「そっか。おまえもいるんだな」

まー！

芳芳《ほうほう》は、満足げに鳴いた。

千尋と姜尚の乗っている馬は耳を寝かせ、怯《おび》えたようにブルブル震えだした。

「ちょっと離れたほうがいいですよ。馬が芳芳を怖がっています」

「こんなに可愛《かわい》い芳芳ちゃんを怖がるだと？　ダメな馬だな！」

姜尚が笑った。

その笑い声は、たしかにその場の空気を明るくしてくれる。

（やっぱり、姜尚さんってムードメーカーだな）

姜尚が馬の首を叩《たた》いて落ち着かせているあいだに、芳芳は先に進んでいる。

「芳芳ちゃんが、妖力《ようりょく》でこの霧を作ってくれたんだ。県令が何を考えているか知らんが、兵たちを眠らせてくれたのはありがたい。今のうちに逃げるぞ」

「は……はい！」

千尋は少しためらって、姜尚の袍《ほう》の端をつかんだ。

「落ちねえように、もっとちゃんとつかまれ」

「あ……はい」

「行くぜ！」

馬が並足から、速足に変わる。千尋の頰《ほお》にあたる風が強くなった。

その時、前方から芳芳の警戒するような鳴き声がした。

一陣の生臭い風が吹きぬけていく。

（え……？）

行く手から、異様な妖気が吹きつけてくる。

「まずい！　止まれ！」

姜尚が手綱を引いて馬を止めると、叔蘭の馬も止まった。

風が霧を押し流し、あたりがはっきり見えるようになってくる。

いつの間にか、千尋たちは街道から離れ、荒れ果てた湿地にきていた。湿地には川が流れ、そのむこうには雑木林が広がっている。木々の上の空は、鉛色の雲に覆われていた。

湿地の真ん中に、緑色の袍の青年――陳氷輪《ちんひょうりん》が立っていた。

その全身から、妖気が立ち上っている。

（げ……）

「どこへ行こうというのかな」

右手の紅玉の指輪をさすりながら、氷輪が薄く笑う。

芳芳が今まで見たこともない様子で、低く唸《うな》っている。

「なんだ、おまえは？」

姜尚が低く尋ねる。

「関江県県令、陳氷輪だ。そなたたちは紅雪殿……いや、千尋殿を連れて、どこへ行く気だ？」

(寵童って言うなよ、寵童って)

びくびくしながら、千尋は心のなかで念じている。

県令と禁軍に追われている理由をつっこまれたら、困ることになる。

「ほう。おまえが噂《うわさ》の県令か。たしかに、妙な妖気が漂っていやがる。……言っておくが、千尋は俺たちの友だ。王にも、おまえにも渡す気はねえぜ」

「死にたいようだな。千尋殿ともども死ぬか？」

氷輪は、喉《のど》の奥でゲッゲッと鳴いた。

「狙いは千尋の命か。なぜ、こんな真似《まね》をする？」

姜尚は、軽い動作で馬から下りた。手をのばして、千尋も地面に下ろし、自分の後ろにかばう。

叔蘭も馬から下り、身構えた。

「あるかたが、小松千尋《こまつちひろ》は邪魔だとおっしゃったのだ」

酷薄な声が答える。

「あるかた？　誰だ？　王か？」

「そなたたちに教える必要はない！　死ね！」

氷輪は、紅玉の指輪のはまった手を目の前に突き出した。そのとたん、指輪から煙のようなものが噴きだしてきて、氷輪の全身を包んだ。

（え……!?）

煙のなかで、腹の出た青年の輪郭が霞《かす》んだように見えた。

顔がつるんとなって凹凸が消え、首がなくなっていく。皮膚が緑と焦げ茶色と白に変わり、腹が異様に膨れあがる。両手が地面につき、背中がボコボコと泡だちはじめる。

気がつけば、氷輪のいた場所に牛ほどもある巨大な蛙《かえる》が座っていた。黄緑色の目がギョロギョロしていて、気味が悪い。

（嘘《うそ》……）

「こいつは驚いた。本当の化け物かよ」

姜尚が片方の眉《まゆ》をあげ、すらりと佩剣《けん》をぬいた。

叔蘭がじっと大蛙を見、呟いた。

「肉芝《にくし》ですね」

「にくし……って？」

「年経た蛙が変じた妖獣です。金門山《きんもんざん》の山中に棲《す》むと聞きましたが、まさか県令に化けるとは……。肉芝は、そこまで強い妖力を持つ妖獣ではないはずです。何者かが肉芝に力を貸しているのかもしれません」

――黙れ！　肉芝、肉芝と連呼するな！

大蛙は怒りの思念を発し、ググッと喉を鳴らした。

「どうやって攻撃してくる気だ？　蛙と戦ったことはねぇんだが」

姜尚が横目で叔蘭を見、尋ねる。

「そこまでは、私もわかりません。毒を吐くか、粘液を出すか……。とにかく、お気をつけください。強い妖気を放っております」

「しょうがねえ。とにかく、やるか」

姜尚はすっと腰を落とし、大蛙を睨《にら》みつけた。

――そなたたちの相手をするのは、私ではない。地狼《ちろう》だ。

大蛙がゲッゲッと笑う。

「何……!?」

姜尚たちがハッとしたように、右手の雑木林に視線を走らせた。

妙な圧迫感とともに、黴臭《かびくさ》い嫌な風が吹いてくる。

雑木林のなかから、不気味な黒い犬の群れが現れた。先頭にいる、ひときわ大きな地狼が人間たちを見、威嚇するように吠《ほ》えた。

（やべえ……）

「嘘だろ……。肉芝が地狼を操るだと……⁉」

「何か尋常ではない力が働いているようです。芳芳に気をつけてあげてください」

叔蘭が低く言う。

「な……⁉　芳芳ちゃんも操られるっていうのか⁉　冗談じゃねえ！　気をつけろよ、芳芳ちゃん！」

姜尚の叫びに、芳芳がまーと応《こた》える。

――さあ、地狼ども！　やってしまえ！

大蛙の暗い思念が響きわたる。

次の瞬間、地狼たちがいっせいに吠え、こちらに襲いかかってきた。

＊　　＊

戦いは長引いていた。

地狼たちは倒しても倒しても、どこからともなく湧《わ》いてくる。

佩剣をふりまわす姜尚にも、疲れの色が見えてきた。

「きりがありませんね」

叔蘭が地狼たちを見据え、両手で印《いん》を結びはじめた。

「夫《そ》れ神《しん》は万物に妙《たえ》にして変化に通ずるものなり。天道を立て、是《これ》を陰陽《おんみょう》と謂《い》い、地道を立て、是を柔剛《じゅうごう》と謂い……」

呪文《じゅもん》に押されるようにして、十数体の地狼たちが動きを止めた。

千尋は芳芳に護《まも》られ、その様子を見つめていた。

蓬莱に来て不思議なものをたくさん見たが、いまだにこういう光景には驚かされる。

（どう見てもCGだよな……）

「三山神三魂《さんさんじんさんこん》を守り通して、山精参軍狗賓《さんせいさんぐんぐひん》去るべし！」

ビシュッ！

叔蘭が右手を一閃《いっせん》させると、地狼たちの上を銀色の光が走りぬけた。

苦しげにもがく地狼たちのまわりで、白い光の点が乱舞しはじめる。

光の点のなかで、地狼たちは嫌な臭《にお》いの煙をあげながら、見る見るうちに縮み、消えていった。

（すげえ……）

左手のほうから、叔蘭の攻撃を逃れた地狼が忍びよってくる。

芳芳が走りよっていって、無造作に前脚で地狼を殴りつける。

もふっ……という擬音が入りそうな動作だったが、地狼は勢いよくふっ飛び、空中で爆発し、消え去った。

(芳芳ちゃん……強《つえ》え)

「次は、あなたの番です」

叔蘭が、大蛙にむきなおる。

——巫子《ふし》ごときが、小癪《こしゃく》な!

大蛙の口から、青紫の舌がビュンとのびた。

避《よ》ける間もなく、舌は千尋の右の足首にからみついた。

「うわっ!」

気味の悪い舌は冷たく、ねばねばした粘液に覆われている。千尋の全身に鳥肌が立った。

(なんだよ、これ……! はがれねえ……)

——来い!

勢いよく引っ張られ、千尋は悲鳴をあげて地面に倒れこんだ。

とっさに駆けよってきた芳芳が千尋の袴子《ズボン》の裾《すそ》をくわえ、止めようとする。だが、大蛙のほうが力が強かった。
「うわああああああーっ！」
袴子が破れ、千尋の身体はずるずると引きずられていく。
「千尋！」
姜尚が、大蛙の舌に斬《き》りかかかる。
しかし、粘液のせいか、うまく刃が通らない。
その時、姜尚の背後から地狼が飛びついてきた。
ガルルルルルルッ！
「邪魔だ！」
ふりむきざま、地狼を切り捨てた姜尚の足に別な地狼が飛びかかり、嚙みついた。
叔蘭も腕を嚙まれたのか、符を落とし、苦痛の表情を浮かべている。
芳芳も背中にしがみつく地狼を振り落とそうと、懸命に走りまわっていた。
（やべえ……）
――さあ、来るのだ。
怖《おそ》ろしい力で大蛙のほうに引きよせられながら、千尋は必死に抗《あらが》った。
だが、青黒い舌はじりじりと千尋を大蛙の口に運んでいく。
姜尚たちは地狼と戦うのが精一杯で、こちらには近づいてくることもできない。

水草が腐ったような嫌な臭いの息が、千尋の顔にかかった。

まぢかに、蛙のぬらぬらした口と不気味に光る黄緑の目がある。

（もう……ダメかも……）

そう思った時だった。

空の高みを激しい風が吹きぬけた。ゴウッと音がする。

大蛙が不審そうに空を見上げた。

次の瞬間、千尋の傍《かたわ》らに黒い革鎧《よろい》の青年が軽々と着地した。

（え……？）

「千尋！」

声とともに銀色の光が走り、千尋の足首に巻きついていた蛙の舌がちぎれて飛んだ。

――ぎゃあああああああーっ！

大蛙は悲鳴のような思念を発し、緑の血をまき散らしながら跳びすさった。そのまま、ゴロゴロ転がり、川にはまる。

「櫂⁉」

来てくれたことが信じられない。

櫂は素早く振り返り、千尋の腕をつかんで立ちあがらせてくれた。

力強い指の感触、気づかいの色を浮かべた真摯《しんし》な漆黒の瞳《ひとみ》。

「遅くなって、すまん」

言うなり、櫂は破軍剣《はぐんけん》を振り下ろした。

右手のほうから、千尋に飛びかかってきた地狼の首が飛ぶ。

ジュッという音とともに白い蒸気が立ち上り、首を失った地狼は地面に転がった。

櫂が戦いに加わると、地狼たちの数は見る見るうちに減っていった。

最後の一体を、姜尚が一刀両断する。

状況が不利とみて、大蛙は川から這《は》いあがり、雑木林のほうに逃げだした。

その行く手に、櫂がすっと立つ。

闇《やみ》よりも黒い瞳には、剣呑《けんのん》な光が浮かんでいる。

「千尋を殺そうとしてくれたそうだな」

冷ややかな声で言いながら、櫂が破軍剣を大蛙にむける。

大蛙は口から緑の血をだらだら流し、目をぐるぐる動かした。

——邪魔をするな！　じゃ……邪魔をすると、ただではおかんぞ！

「禁軍の兵たちは薬で眠らされている。薬を仕込んだのは、おまえだろう。妖獣のくせに、ずいぶんと計画的だ。誰か人間の仲間がいるとみえる」

——知らぬ！　知らぬわあああああーっ！

大蛙は、櫂にむかって高く跳躍した。

櫂もまた、破軍剣を下から上にむかって切り上げる。

ザシュッ！

――ひいいいいーっ！　痛い！　痛い痛い痛い痛いっ！

膨らんだ腹を切られた大蛙はとっさに櫂の肩を蹴《け》り、空中に跳びあがった。

櫂がすっと目を細め、跳ねあがった大蛙の後脚にむかって剣を叩きつけようとする。

その瞬間だった。

「やめて！」

聞き覚えのある少女の声が響きわたる。

（え……？）

大蛙がぼたっと着地するのと、突然の闖入者《ちんにゅうしゃ》がその前に立ちふさがるのはほぼ同時だった。

両手を広げ、大蛙を櫂からかばおうとしているのは長い黒髪の少女――麗玉《れいぎょく》だった。

走ってきたらしく、息を切らしている。

「麗玉さん……？」

どうして、麗玉がこんなところにいるのかわからない。

櫂がふっと目を細め、「危ない」と呟いた。

次の瞬間、蛙の短くなった舌が背後から麗玉の腰に巻きついた。

——来い！

「きゃあっ！」

引きよせられて、麗玉は悲鳴をあげた。

大蛙は勝ち誇ったような思念を放つ。

——この人間を殺されたくなかったら、武器を捨てろ。

「やめろ！　麗玉さんを放せ！」

「人質をとるとは、卑怯《ひきょう》極まりねえな」

姜尚の瞳が冷たく光る。佩剣の切っ先が、すうっとあがって大蛙にむけられる。

——お？　そんなことをしていいのか？　こいつを殺すぞ！

「芳芳ちゃんの攻撃のほうが、おまえの動きより速い。その娘さんに危害を加えようとしたら、その瞬間におまえの頭がふっ飛ぶぞ」

押し殺した声で、姜尚が言った。

芳芳がのそのそと前に出てきて、大蛙をじっと睨む。

大蛙は麗玉をからめとったまま、じりっと後ずさった。

「ダメ！　待って！　このかたを殺さないで！」

麗玉が蛙の舌に巻きつかれたまま、必死に叫ぶ。

「なぜ、その肉芝をかばう？」

静かな声で、櫂が尋ねた。

「氷輪さまは、まだ、この化け物のなかで生きています！　蛙を殺せば、氷輪さままで死んでしまいます！　殺さないで！」

櫂は「そうか」と口のなかで呟き、哀れむような瞳で麗玉を見た。目の前の少女が、千尋から聞かされた学者の孫だと気づいたのだろう。

「元婚約者を助けたいのはやまやまだが、このままではあなたも殺されてしまう」

麗玉は涙をためた目で、首を横に振る。

「氷輪さまを殺すなら、私も死にます！」

（どうするんだよ？）

千尋は、目で櫂にむかって尋ねる。

櫂が「困ったな」と言いたげな顔をした。

それから、破軍剣を構えなおし、ふうっと息を吐く。

麗玉の意思に反したとしても、攻撃する覚悟を決めたらしい。

「やめて！」

麗玉が櫂の気持ちを読みとったのか、悲鳴のような声をあげる。

——まだ、こやつに情が残っておるか。バカな奴《やつ》だ。この男の心は、もうどこにもないというのに。

大蛙が、ゲッゲッと勝ち誇ったように鳴いた。

麗玉の顔が苦痛に歪《ゆが》む。

「まだ残っています……！　私にはわかる……！」

——残ってなどいるものか。この男は、私が喰った。もう何も残っておらぬ。

大蛙は、楽しげな思念を放った。

(喰った……!?)

ゾッとして、千尋は大蛙を凝視した。

元婚約者のことをそんなふうに言われて、麗玉はどんなにかショックを受けたろう。もし、自分が大蛙に「櫂を喰った」と言われたら、正気ではいられないと思った。

「嘘だ！」

麗玉が身をよじって、肩ごしに大蛙を睨みつけた。

——嘘ではない。陳氷輪はおまえと別れたことで気鬱《きうつ》になり、病の床についたのよ。この男の父母は心配して、病を治してくれる医者をもとめて立て札を立てた。私と母上はある夜、人間の貴公子と老母に化け、蘭州《らんしゅう》から来た医者として県令の屋敷を訪れたのだ。愚かな人間どもはそれを信じ、私を陳氷輪の寝所に通した。

(嫌だ……。ひでえ話……聞きたくねえ)

姜尚たちも、痛ましげな顔をしている。

大蛙は語った。

氷輪を喰い、同じ姿に化けて入れ替わり、翌朝、健《すこ》やかな姿で家の者たちの前に現れ「お医者さまとご母堂は夜のうちに旅立った」と語ったと。

やがて、真相に気づいた氷輪の両親は四層の高楼に閉じこめられ、母親の肉芝が見張りをすることになった。

――人を喰ったのは初めてであったが、こんな愉快な思いができるとは思わなんだ。母上も人の世界で贅沢《ぜいたく》ができて、たいそうお喜びだ。

大蛙は満足げな様子で、ググッと鳴いた。

麗玉は青い顔で、うつむいてしまった。気丈にふるまってはいても、もう限界なのだろう。

（やっぱり、県令の屋敷の陰の気がすごいと思ったら、マジで化け物屋敷だったんだ……。二匹もいたなんて……）

千尋は身震いした。

――こんな子を喰えば、さぞかし寿命がのびるだろうねえ。

ふいに、千尋の脳裏に怪《あや》しい思念が甦《よみがえ》ってきた。

県令の屋敷での最初の夜、枕《まくら》もとで不気味に鳴いていた化け物母子。

（悪夢じゃ……なかったんだ……）

一歩間違えば、自分も喰われていたかもしれないのだ。

「なんで、こんなことしたんだ⁉　なんで、人間なんか喰うんだ⁉」

――山のなかは退屈だ。山の獣や妖獣は骨ばかりで、うまくない。人の世界には金や宝石がザクザクいっている。県令として、この土地を支配するのは実に面白かったぞ。こんな遊びがあると教えてくれた、あのかたには感謝せねばなあ。

大蛙は、うっとりしたような目になった。

「これ以上、氷輪さまの県令としての名を……汚《けが》させない……！　氷輪さまは優しい人だったのに……！　私のようなものにも優しくしてくれた……」

麗玉が懸命に大蛙の舌を引きはがそうとしながら、かすれた声で言う。

――優しさなど、くだらぬ。さて、舌も痛いし、そなたたちとの遊びにも飽いた。

暗い思念とともに、大蛙の目が強く光った。

（うわっ！）

ゴウッと妖風が巻きおこる。視界が黄色く霞み、あたりがよく見えなくなった。

「千尋！」

とっさに櫂が全身で千尋に覆いかぶさるようにして、妖風からかばってくれる。

「千尋さま！」

「気をつけろ！」

姜尚たちの叫びが聞こえた。
次の瞬間、千尋は頭上を禍々《まがまが》しいものが通り過ぎるのを感じた。
芳芳が警告するように鳴く。
——また会おう、人間どもよ。小松千尋の命、それまで預けておく。
高笑いのような思念が響きわたった。
風がやみ、千尋の視界が正常に戻った時、大蛙と麗玉の姿はもうどこにもなかった。
「逃げられたか」
櫂が千尋を抱きしめたまま、ボソッと呟いた。
その逞《たくま》しい腕の感触に、千尋はわけもなくドキリとした。
(櫂……)
自分が寵童だと知っても、まだ触れてくれるのか。嫌だとは思わないのか。
一瞬の沈黙の後、櫂がハッとしたような表情になって千尋を離した。
「あ……すまん」
(なんだ。やっぱり、許してくれてねえんだ……。そうだよな。気持ち悪いよな)
千尋は、櫂の横顔をじっと見つめた。
胸が痛くなる。
王の寵童だとバレた時から、こんなふうになるような気がしていた。

（オレ……もう、おまえと今までみてぇにつきあえねえのかな）

燿とのあいだに距離ができたことが、寂しくてたまらない。

姜尚が何事か考えるような瞳で、そんな千尋をじっと見つめている。

「あの蛙の行き先はわかるか？」

燿がチラリと姜尚を見、事務的な口調で尋ねた。

「行き先は、たぶん金門山山中の奥深くにある金門山赤腹洞《せきふくどう》という洞窟《どうくつ》でしょう。そこが肉芝の巣だと聞いたことがあります」

叔蘭が答える。

「金門山……せきふくどう？」

燿がわずかに眉根をよせたようだった。

千尋も、首をかしげた。蓬萊の地名は、漢字で書いてくれないとまったくわからない。

「赤い腹の洞窟と書きます。人語を話す妖獣は、たいてい、なんとか洞というところに棲んでいるんですよ」

（そっか……。巣があるんだな）

自分が行っても、足手まといになるかもしれない。しかし、戦力にならないからといって、ここに置いていかれるのは我慢がならなかった。

「オレも行っていいんだよな？」

姜尚と叔蘭が、同時に千尋の顔を見る。

「安全な場所にいろと言って、言うことを聞くようなかたではないでしょう」

「おまえは、俺が護る。心配はいらねえよ。ついてきな」

姜尚がニヤリとしてみせる。櫂は憮然《ぶぜん》とした表情になって、姜尚を見た。

「まだ、おまえらの桃花巫姫《とうかふき》じゃないぞ」

「俺が護っちゃ不満か、小僧?」

「枯れ木も山の賑《にぎ》わいだな。……好きにしろ」

面倒臭そうに呟いて、櫂は空を見上げた。

金門山のそのむこう、森と草原と白い街道の果てに王都がある。

＊　＊

芳芳が呼んだ霧の一部は、まだ金門山の麓《ふもと》に漂っていた。

「千尋さまはおられぬか⁉　千尋さま!」

霧のなかを、朱善《しゅぜん》が必死に馬を走らせている。

沼にはまった馬と兵たちを助けるため、手持ちの兵の半分を置いてきた。

今、朱善に従って馬を駆っているのは少数の精鋭たちだけである。

（なんということだ。主上直々に、千尋さまを護れと命じられたのに……）

もし、狼藉者《ろうぜきもの》たちに千尋を奪われ、取り返すことができなければ、朱善は王に報告の後、自害しなければならない。

「千尋さま！」

さすがの朱善の顔にも、焦《あせ》りの色が浮かんでいた。

その時だった。道の行く手に、一人の少年が現れた。蘇芳《すおう》の袍《ほう》を着て、やわらかな栗色《くりいろ》の髪を風に揺らしている。

「千尋さま！　ご無事でしたか！」

ホッとして、朱善は馬で駆けより、千尋の傍らに下り立つ。

栗色の髪の少年は朱善を見て、まーと鳴いた。

（お……）

朱善は思わず鎧《よろい》の胸を押さえた。

この少年の愛くるしさは、どうしたことだろう。今まで、朱善は女性を恋の対象としてきた。少年を見て、こんな気持ちになったことは一度としてない。

これはいったい、いかなる運命の悪戯《いたずら》なのか。

（いや、何かの錯覚だ。霧が出る前までは、何も感じていなかったではないか）

「ご無事でよろしゅうございました。さ、主上のもとにお連れいたしましょう」

朱善はほっそりした小柄な少年を抱えあげ、鞍《くら》に乗せた。

自分の腕にしがみついてくる、妙にもこもこした腕になおいっそう胸がキュンとなる。

「大丈夫でございます。この朱善が来ましたからには、千尋さまは大船に乗った気でおいでください」

まー。

千尋が上目づかいに朱善を見上げ、不安げに小さくうなずいた。その薄い肩を見ていると、朱善の胸が妖《あや》しく騒ぎはじめる。

(千尋さま……なんとお可愛らしい……)

そう思って、朱善は心のなかで「いかん、いかん」と首を横に振った。

この少年は主君の想い人である。

自分のような一介の朝臣が、懸想《けそう》していい相手ではない。

そう思いながらも、千尋の愛らしさから目が離せない。

「隊長！　県令が見つかりません！　主上の影武者も行方不明です！」

霧のむこうから、部下が馬を走らせてくる。

「かまわん！　このまま、千尋さまをお連れして脱出する！　遅れをとるな！」

朱善はびんと腹に響く声で下知《げち》し、千尋の前に飛び乗り、馬首を南にむけた。

目的地は蘭州。

王の寵童を護って、禁軍の武官たちは風のように移動しはじめた。

朱善たちが立ち去った後、木の陰から姜尚と叔蘭、それに櫂と千尋が姿を現した。

「芳芳ちゃん……」

心配そうに、姜尚が両手を揉《も》み絞っている。

その肩を叔蘭がポンと叩いた。

「大丈夫です、姜尚さま。芳芳はちゃんと戻ってきますから」

「それはそうだが……。もし、途中でバレて殺されたり、危険な目にあったら……。ああ、芳芳ちゃんを身代わりにするなんて、俺はなんて冷酷な男だ……」

姜尚は思いつめたような顔になって、叔蘭を見た。

「そうだ。いっそ、俺が身代わりに」

「化け物みたいになりますよ。姜尚さまはまさか、ご自分が千尋さまのように可愛いと思ってらっしゃるんじゃないでしょうね？」

巫子のつれない言葉に、姜尚はため息をついた。

（オレ、可愛くなんかねえぞ）

千尋も憮然としている。櫂は、特に感想はないようだ。

大蛙に襲撃された日の夜、千尋と櫂は金門山山中の廃墟《はいきょ》と化した五層の楼閣の最上階にいた。

夜空は晴れており、風も穏やかだ。

ここから、金門山赤腹洞は徒歩で数時間の距離にあるという。

姜尚と叔蘭は、楼閣の一階にいる。

この楼閣は関江の地を支配していた郡王が遠い昔に建てさせたもので、今は使われていない。

明日の朝、四人は大蛙と麗玉のもとにむかうことになっていた。

簡素な夕食の後、千尋と櫂、それに姜尚と叔蘭はそれぞれの寝所と決めた房《へや》にひっこんだ。

＊　　＊

飾《かざ》り格子《ごうし》も壊れた窓から、暗い森とその上にぽっかりと浮かぶ月が見えた。

櫂が整えてくれた寝台に横になり、千尋はさっきから何度目かの寝返りをうっていた。

月明かりが、木の床を照らしだしている。

「眠れないのか？」

扉が開いて、月光を背にした櫂のシルエットが浮かびあがる。

櫂は、ずっと外にいた。自分と二人きりは、やはり気まずいのだろう。

千尋は少しためらい、寝台の上に起きあがった。

「櫂を待ってた。話さなきゃいけねえことがあるんだ……」

「なんだ？」

扉が閉まり、櫂が近づいてきて、千尋の傍らに立つ。月光に照らされた横顔は、ドキリとするほど蓬萊王《ほうらいおう》に似ている。

（言わなきゃ……）

むきあいたくない現実。

しかし、それを避けて通るわけにはいかない。

「あの……昼間は助けにきてくれて、ありがとう。それと……ごめん。寵童のこと……隠してて」

それを口にするには、精一杯の勇気が必要だった。

櫂は無表情になって、千尋の言葉を聞いている。

「オレ、蓬萊王に寝返ったわけじゃねえし、姜尚さんや叔蘭さんやおまえを裏切るつもりもねえ。それだけは信じてくれ」

千尋はおずおずと手をのばし、櫂の袍の端をつかんだ。

振り払われるかと思ったが、櫂はじっと千尋を見下ろしている。

「姜尚たちにはなんと言う？」

「言えねえ……。きっと……裏切られたと思う……」

禁軍の武官に必死に捜索されていたのを見て、姜尚も叔蘭も千尋が「県令の屋敷に滞在していた王の寵童」だったのだと、薄々、察したようだった。

しかし、二人ともあえて、そのことには触れなかった。

ただ、ここに着いた時、最低限教えてもらいたいと、姜尚が言いだした。

——王がおまえを捕らえて連れていこうとしたのは、桃花巫姫だとバレたからか？

バレているとは言えなかった。

言えば、王が黙っている理由についても突っ込まれる。

(オレのことを……好きだからとか言えねえ)

だから、千尋は「バレてねえ」と答えた。

——じゃあ、小松千尋として捕まって、連れていかれそうになったということでいいな？

——うん……。

もっと突っ込んで「どうして、武官が千尋をさまづけで呼び、敬語を使っていたのか」「あきらかに貴人として護衛されていたのは、どういうわけだ」と訊《き》かれたらどうしようと思ったが、姜尚はそれ以上は尋ねなかった。

だが、いずれは事情を打ち明けねばならない時がくるだろう。

わかっていたが、今はまだ真実を口にする勇気がない。

「隠しとおす気か？」

静かな声で、櫂が尋ねてくる。

「卑怯かな……。ちゃんと言ったほうがいい？」

子供のように櫂を見上げると、そっと髪に白い手が触れてきた。

（櫂……？）

「時期がくれば、答えが出るだろう。いつか、そうするしかない時がくるかもしれない」

「うん……」

今は黙っていてもいいと、暗に言ってくれている。

櫂は自分を甘やかす。そして、自分もそれに甘えてしまう。よくないのはわかっていたが、すべてを姜尚たちに話した時の反応を想像するだけで、身がすくんだ。

「ごめん……櫂……」

「おまえのせいじゃない。何もかも」

愛《いと》おしむように髪を撫でられて、涙がこみあげてきた。

櫂は優しい。優しすぎて、自分はさしだされた手にすがってしまいそうになる。

「オレに触るな。そんなふうに……。オレは……寵童だし……」

「王にしか触れさせたくないのか？」

ささやく声は、どこか悲しげだった。

千尋は、勢いよく顔をあげた。

「違う！　オレ、まだ……最後までされてねえし……。あいつのこと、好きなわけでもねえし……」

言いながら、羞恥《しゅうち》で頬が熱くなってくるのがわかる。

（変なこと言った……。バカ、バカ。オレのバカ……。檘はそんなこと、聞きたくねえのに）

たとえ最後までいこうが、未遂だろうが、寵童だという時点でもうダメだろう。

王の性的な慰み者だという事実は、何一つ変わらない。

「すまない」

袍をつかむ千尋の手を見下ろし、ポツリと檘が呟いた。

「なんで、おまえが謝るんだよ……⁉」

檘は、困ったような目をしていた。

「俺と同じ顔の奴がやったことだろう。……いちおう、謝っておく。すまない」

「檘のせいじゃ……ねえだろ」

王の左肩には、傷痕《きずあと》はなかった。

だから、あれは櫂ではない。

そう言ったとたん、櫂がつらそうな表情になった。

「俺があんなゲームをしようと誘ったからだ」

「櫂……」

「こんな世界に迷いこんだのは、俺のせいだ。せめて、俺はおまえの側を離れないで、ずっと護るつもりだったのに」

五年という時間が消えていったような気がした。

目の前にいるのは、十五の櫂。

思わず、千尋は立ちあがり、櫂の肩に両腕をまわした。記憶にあるのより逞しくなり、位置も高くなった肩に。

「千尋……」

驚いたような櫂の声が聞こえてくる。

「自分を責めるなよ。オレ……櫂がいてくれてよかったと思ってるんだ。おまえのせいだなんて、そんなこと、一つも思っちゃいねえ」

「千尋……おまえに会いたかった。ずっとずっと会いたかった。俺は……」

櫂の腕が千尋の背中をギュッと抱きしめる。

ようやく、感情を露《あらわ》にしてくれた櫂が大好きだと思った。

大人の櫂に余裕たっぷりに護られるより、こうして気持ちをぶつけてくる櫂といるほうがうれしかった。

「うん……」

自分のほうが小柄で子供で力もなかったけれど、腕のなかの櫂が愛《いと》しかった。

きっと、櫂は誰にも甘えることができず、泣くこともできず、剣を手にして戦いつづけてきたのだろう。

この蓬萊の大地で。

「きっと帰れるよ、櫂。そして、何もかも取り戻せる。な……。オレもおまえも高校生に戻って、また学校行くんだ」

「帰れるだろうか……」

初めて耳にする、櫂の弱音。

「帰れるさ。オレがおまえを連れて帰るよ」

ためらいがちに櫂の黒髪をそっと撫でる。

子供の頃に触れたのと同じ、絹のような感触が心地よい。

櫂はじっとして、千尋に撫でられるままになっていた。

心地よく、秘密めいた時間が流れていく。

千尋は櫂の髪を束ねた紐《ひも》をそっと解いた。
肩に艶《つや》やかな黒髪がかかると、櫂の顔は蓬莱王と見分けがつかなくなった。
月明かりは銀色。櫂の髪もまた、銀に染まって見える。
漆黒の瞳の奥に、自分の姿が映っている。
「千尋……」
何かに耐えるような眼差《まなざ》しで、櫂が千尋の名を呼んだ。
その唇を見、千尋は「何？」と小さな声で尋ねかえした。
櫂の唇が、何か大切な秘密をささやくように近づいてくる。
わけもなくドキリとして、千尋は手をあげ、櫂の唇を押さえた。
手のひらに、櫂の唇が触れている。
物言いたげな眼差し。
子供の頃に切ないほど憧《あこが》れた漆黒の瞳と射干玉《ぬばたま》の黒髪がまぢかにある。
(なんで……こんな目するんだよ、櫂……)
「くすぐってえぞ」
千尋は少し笑って、櫂から手を放した。
櫂が複雑な表情になって、離れていく千尋の手を目で追いかける。
奇妙な沈黙が房のなかに降りた。

月明かりが、櫂の物思うような顔を照らしだしていた。

(そうだ、こいつ、こっちの世界に好きな奴がいるんだよな)

抱きたいと願っていても、櫂には決して手を触れられない大切な相手。

「おまえ……好きな奴いるんだよな」

ポツリと千尋は呟いた。

「ああ」

櫂が窓辺によっていく。

壊れた格子に身をよせ、暗い森を見下ろす横顔には何かに耐えるような表情が浮かんでいた。

千尋も櫂に歩みより、窓の外をながめた。

下の階にいる姜尚たちの気配は、ここまでは伝わってこない。

藍色《あいいろ》の夜空に、逆北斗が輝いていた。

蓬莱国の北を示す星座が。

大熊猫座《おおくまねこざ》の足もとにはほの白く銀河が流れ、その周囲に千尋が名を知らない赤い星や青白い星が瞬《またた》いている。

こんな楼閣の廃墟にいても、何一つ不安も恐怖も感じないのは櫂が側にいてくれるせいだ。

だが、いつまでも燿に甘えているわけにはいかない。

王の寵童である自分には、甘える資格さえない。

(ごめん……燿。オレ……おまえの好きな奴にちょっと嫉妬《しっと》してる)

恋人になりたいわけではない。

王とそうなりかけているように、肌をあわせる仲になりたいわけでもない。

ただ、いつも燿の側にいたかった。

幼なじみの親友として、常に燿の一番でありたい。

それは、許されない望みなのだろうか。

「なあ……どんな奴だ？　その……おまえの好きな奴って……」

千尋の問いに、燿は複雑な表情でこちらを見た。

「どうして、そんなことを訊く？」

「だって……オレと一緒に帰っちまったら、もう会えないかもしれねえんだぞ？」

それで燿が「蓬萊に残る」と言いだせば、困ったことになるのだが。

「それでも愛している」

ため息のような声で、燿が呟いた。

「そっか……。そんなに好きなんだ」

燿の気持ちは、本物らしい。

今さらのようにショックを受けて、千尋はうつむいた。

むこうに戻った時、櫂に蓬莱の記憶が残っていたらどうしようと、初めて思った。

異世界に置いてきた人のことを想《おも》いつづけ、苦しむ櫂は見たくない。

(どうしよう……)

残れと説得すべきなのだろうか。だが、そんな勇気はない。何より、自分が櫂を失いたくない。

(卑怯だ、オレ……)

「気持ちは伝えられないかもしれない。それでも好きだ。愛している」

まっすぐ瞳を見つめて言われ、千尋は少し動揺した。

「そんなに……その子のことを……。そっか……。気持ち……通じればいいいな」

「無理だろうな。鈍い奴だし、バカだし、お子さまだ」

皮肉めいた口調で呟き、櫂は窓から離れ、毛布を床に広げはじめた。

自分に寝台を譲って、そこで寝るつもりだろうか。

「あ……あの……オレも……」

寝台から毛布をとって床に敷こうとすると、櫂が眉根をよせ、こちらを見た。

「おまえはそっちで寝ろ」

「でも、櫂だけ床に寝かせるわけにはいかねえよ」

「俺は慣れている。気にするな」

それだけ言って、燿はこちらに背をむけ、横になってしまった。

(燿……)

まだ何か言ってほしい。優しくしてほしい。

かまってほしい。

そんなことを思う自分が嫌で、千尋はうつむいた。

自分は、いったいどこまで燿にもたれかかるつもりなのだろう。

(ごめんな……。オレ、強くなるから。ちゃんと一人で立っていけるように……。おまえが、その好きな奴のほうに走っていっても、笑って送りだしてやれるようになるから)

ひんやりした寝台に横になると、千尋は目を閉じた。

もう燿と一緒にくっついて眠ることはないのだ。たぶん。

無邪気にふざけあっていた子供時代が終わっていく。

燿は剣を持つことを覚え、翼龍《よくりゅう》で空を駆け、本気で好きな相手を見つけ、自分のもとから巣立っていこうとしている。

それが、身を切られるように寂しかった。

＊　　＊

千尋が眠りに落ちた頃、櫂がゆっくりと身を起こした。

（千尋……）

さっきまで寝心地が悪そうにしていた千尋は、今は静かに寝息をたてている。毛布の上に投げだされた腕は、少女のように細い。

銀色の月光が、その繊細な美貌《びぼう》を照らしだしている。

櫂は寝台の傍らに立ち、しばらく千尋の寝顔を見下ろしていた。

やわらかな栗色の髪と陶器のような頬、やわらかな喉の窪《くぼ》み。

（俺もバカだな……）

嫌われるのが怖くて、どうしてもあと一歩踏みだせない。

明日などという日はないかもしれないのに。

千尋の手のひらに唇で触れた時、血がたぎった。

どうやって自制できたのか、自分でもわからなかった。

いつかやってくる千尋を待ちつづけた長い時間。

千尋の顔を忘れまいと懸命に描《か》いた似顔絵は、もうどこかに行ってしまった。

それでも、めぐりあった瞬間、一目で千尋とわかった。

旅の空の下で大勢の女たちと出会い、肌をかわしてきたが、そのなかの誰よりも千尋は綺麗《きれい》で、光り輝いていた。

魂の内側から放たれる光輝で。

あの洞窟での夜、不安で毛布のなかに潜りこんできた千尋を心底愛しいと思った。

この少年の傍らに、自分の本当の居場所があるのだと感じた。

だが、王の寵童だと泣きそうな顔で語る千尋を見ていると、自分もおまえを抱きたいと思っているとはとても口には出せなかった。

かなうものならば、蓬萊王から奪いたい。寵童であった過去など、自分の愛撫《あいぶ》の下で塗り替えてしまいたい。

尾崎《おざき》櫂の恋人として、千尋をむこうの世界に連れ帰りたい。

(いや、抱いてはいけない。抱いたら……俺は帰りたくなくなる)

櫂の瞳がふっと暗くなった。

むこうに戻れば、記憶は消えるのか。消えないのか。

千尋を愛した記憶も、唇の感触も肌の温《ぬく》もりも何もかも「なかったこと」になるとしたら、自分は迷うだろう。

迷えば、きっと大事な時に判断を間違ってしまう。

耳の奥に、千尋の声が甦《よみがえ》ってくる。

——違うよ。現実はあっちの世界にあるんだ、耀。ちゃんと戻らねえと。

(そうだな、千尋)

いつも、千尋は正しい道を示してくれる。

千尋のまわりには、常に陽《ひ》の光が射《さ》している。

だからこそ、清い生き物である神獣もこの世でただ一人、千尋の手からだけは花を食べるのだろう。

(帰ろう。一緒に)

そうして、想いは胸の奥底に埋葬されるのだ。

蓬莱で生きた時間とともに。

それでもいいと、耀は思った。

(結局、俺は卑怯者で、無責任で、迷惑ばかりかけて……去っていく。世界の命運を背負っているふりをして突っ走ってきたくせに、たった一人の人間のためにすべてを捨てる)

耀は千尋の髪をそっと撫で、薄く開いた唇をじっと見下ろした。

己の胸の鼓動が聞こえてくる。

自分が二度と千尋の側を離れるつもりがないのだと悟ったのは、この時だった。

もう、どこにも行かない。

耀は千尋の寝台の傍らに跪《ひざまず》き、毛布から出ていた手の甲にそっと顔を近づけていった。

(千尋……)

「愛している」

祈るようにささやく。

千尋は眠ったまま、くすぐったそうに微笑《ほほえ》み、身じろぎした。

そのなめらかな手の甲に唇で触れる寸前、耀は断ち切るように身を引き離した。

自分の寝床に戻っても眠りはなかなか訪れず、耀はただ目を見開いて月光と壁に落ちる壊れた格子の影をながめていた。

*　　　*

翌日は、快晴になった。

数時間、険しい山道を歩いて、一行は金門山赤腹洞にたどりついた。

周囲はゴツゴツした岩場で、いじけた灌木《かんぼく》がポツリポツリと生えている以外、花も咲かず、虫もいない。

左手は岩山、右手は切り立った崖《がけ》になっており、眼下に金門山の山裾《やますそ》の森と白い街道、遠く遥《はる》かに関江の県城を望むことができる。

昨日よりも風が強く、碧空《あおぞら》を雲が速く流れていく。

晴れてはいるが嵐《あらし》が近いのだと、姜尚が言った。

「雨が降りだすのは、明日以降になるだろう。とっとと片づけて、山を下りようぜ。こんなところで嵐にあうのはゾッとしねえ」

帕《はちまき》を締め直し、松明《たいまつ》を持ち、姜尚はゆっくりと洞窟の入り口にむかって歩きだした。昨日、地狼に嚙まれた足を少しかばっている。

その後に叔蘭、千尋とつづき、殿《しんがり》が燿だ。

千尋は、無理を言って燿に借りた匕首《ひしゅ》と呼ばれる小刀を握りしめていた。革の鞘《さや》に入った小刀は先端が鋭く、刃が尖《とが》っていて、見ているだけで怖ろしい。

「転ぶなよ。おまえはそそっかしいから、自分で自分の手を切りそうだ」

ボソッと燿が言う。

「大丈夫だって。たぶん」

千尋は、小さな声で答えた。

まだ、これから大蛙と戦いにいくのだという実感がない。

洞窟の入り口には、金門山赤腹洞と彫りこまれた石の柱が立っていた。

石の柱の横を通り過ぎ、妖怪の巣に踏みこむ。

（あれ？）

なかは意外に明るかった。

狭い道を下っていくと、やがて光に照らされた大きな空間に出る。

「おい……なんだ、こりゃあ」

呆気《あっけ》にとられたように、姜尚があたりを見まわした。

（すげえ……）

千尋も目を瞬《しばたた》き、洞窟のなかを見まわした。

東京ドームほどの空間に、一面に白い蓮《はす》の花が咲いていた。

水は翡翠色《ひすいいろ》で、天井のあたりは美しい青紫に霞んでいる。

蓮池のむこうに、ぼんやりと黄金の楼閣が見える。

「なんだよ、ここ……？　洞窟のなかだと思ったのに……」

ひらひらと飛び交うのは、不思議な瑠璃色《るりいろ》の蝶《ちょう》だ。

幻想的な光景は、とても妖獣の巣とは思えない。

「気をつけろ、千尋」

櫂の声が、少し緊張している。

「う……うん……」

千尋は、無意識に櫂の側によった。

その時だった。

「ようこそ、おいでくださいました」

蓮池のほうから、妖艶《ようえん》な女の声が聞こえてきた。

ギョッとして、見ると、いつの間にか蓮の花のなかに焦げ茶色の髪の美女が立っていた。

歳《とし》の頃《ころ》は二十六、七。肉感的な身体を鮮やかな緑の襦裙《ころも》に包んでいる。結いあげた長い髪には、牡丹《ぼたん》に似た深紅の花を飾っていた。耳もとに煌《きら》めいているのは、金と翡翠の耳飾りだろうか。手には、やはり緑の団扇《うちわ》を持っていた。

(なんだよ、あいつ……。やっぱ、妖怪か?)

女のほうから、一瞬、生臭い風が吹いてきたようだった。

「なんだ、おまえは?」

千尋を背後にかばいながら、櫂が尋ねる。

美女は、艶《なま》めかしい仕草で団扇を口もとにあてた。

「息子がお世話になりましたので、お礼を申しあげねばと思いましたの」

「息子って……?」

「今は陳氷輪と名乗っております」

(げ……。あの蛙野郎のおふくろ⁉　……ってことは、あいつか!)

だが、県令の屋敷で聞いた声は老婆のものだった。

姜尚と叔蘭が目と目を見交わした。

「おい、母蛙が出てきたぞ。妖獣は、年経るごとに妖力を増すんじゃなかったか？」

「そうですね。昨日の県令より強いと思います。用心してかからないと」

二人の会話に、千尋は身震いした。

昨日でさえ、怖い思いをしたのだ。あれより強いとなったら、どれだけ苦しい戦いになるか想像もつかない。

「息子とやらはどうした？」

櫂が冷ややかに尋ねると、美女はふふ……と笑った。

「まあ、怖いこと。息子は怪我をして、伏せっておりますわ。でも、そこの美しい霊気の郎子《ぼっちゃん》を食べれば、すぐに良くなりましてよ」

底光りする目でじっと見つめられ、千尋はたじろいだ。

気がつけば、蓮池の周囲には禍々《まがまが》しい気配が立ちこめている。

櫂がふんと笑い、千尋と美女のあいだに割って入った。

「おまえのような妖獣に、千尋は喰わせせん」

「あらあら。勇ましいこと。でも、この私の洞窟のなかで勝てるとお思いですか。すぐに無惨《むざん》な死体に変えてさしあげますわ」

「死体になるのはどっちかな」

言うなり、姜尚が佩剣を抜き、蓮池に飛びこんだ。翡翠色の水は、姜尚の足首ほどまでしかないように見える。

「気をつけてください、姜尚さま！」

叔蘭が叫んだ時だった。

ふいに、美女が両腕をあげた。

そのとたん、ゴウッと風が巻き起こった。

いっせいに蓮の花が揺れ、不思議な甘い香りが立ち上る。

（え……？）

「いけません！　この香りを吸いこんでは……！」

叔蘭が袍の袖《そで》で口を覆い、警告の声を発する。

姜尚が「なんだと？」と叔蘭を振り返り、ふいによろめいた。

「な……」

「姜尚さま！」

叫ぶ叔蘭の前で、姜尚の身体は大きく傾き、蓮池に倒れこんでいった。

バシャッと水飛沫《みずしぶき》が高くあがる。

うつぶせに倒れた姜尚は、池に浮かんだまま動かない。呼吸しているのかどうかさえ、わからない。

（まさか……窒息……）

「姜尚さん！」

千尋も前に出ようとして、櫂に腕をつかまれ、引き止められる。

「行くな！」

櫂は黒い袍の袖で、千尋の口もとを覆った。

千尋は目を見開き、倒れた姜尚の姿を凝視した。

（だって、起こさねえと……やばいだろ！）

「姜尚さまっ！　しっかり！」

叔蘭が蓮池のなかに入り、手をのばして姜尚の肩をつかむ。

その時だった。

姜尚の身体が急に重くなったように、ズブッと水のなかに沈みこんだ。

翡翠色の水が姜尚の後頭部を覆い、逞《たくま》しい背中を隠していく。

「姜尚さまっ！」

蒼白《そうはく》になり、姜尚を抱えあげようとした叔蘭の身体もまた、見る見るうちに水に沈みはじめた。膝《ひざ》のあたりまできていた水が太股《ふともも》のあたりまで濡《ぬ》らし、ほんの数秒で腰まで達する。

叔蘭は青灰色の目を見開き、千尋と燿を振り返った。

「千尋さま、お逃げください！　燿殿、千尋さまを……！」

まだ何か言おうとしていた叔蘭の瞳が虚《うつ》ろになり、目蓋《まぶた》がすっと閉じる。

妖しい蓮の香りを吸いこみすぎたのだろう。

ぐったりと力のぬけた巫子の身体は蓮池に倒れこみ、見る見るうちに翡翠色の水に呑《の》まれていった。

あっという間に、姜尚と叔蘭の姿は千尋たちの前から消えた。

（嘘だ……）

これは何かの悪い夢ではないか。

「燿……」

呆然《ぼうぜん》と呟くと、背後から冷静な声がした。

「落ち着け。あの蛙女を倒せば、おそらく姜尚たちは助かる」

その声に、千尋はハッと我にかえった。

（そうだ。ショック受けてる場合じゃねえ）

燿が千尋を後ろに押しやり、懐から出した青い布帛《ふはく》で手早く口もとを覆った。

かすかな金属音とともに、破軍剣が鞘走《さやばし》る。

「無駄ですわ。人間ごときが、この私を倒せるとお思いですの？」

言葉と同時に、蓮池から不気味な白い触手が七、八本、這いだしてきた。

「櫂！　やばいぞ！　触手だ！」

（どこのＲＰＧだよ……ありえねえ）

あまりにも現実感のない光景のなかで、櫂が戦いはじめる。

ザシュッ！

切り裂かれた触手の一部が、千尋の足もとにも飛んできた。

「うわっ！」

見ると、どこかで見覚えのある切り口だ。円い形のなかに十個ほど、大小の穴があいている。きんぴらや煮物の皿のなかで、よく見かける形である。

（蓮根《れんこん》⁉　蓮根なのか⁉）

スニーカーの爪先《つまさき》でつついてみると、蓮根はびくっと動いた。

「ぎゃっ！」

「大丈夫か、千尋！」

戦いながら、櫂が心配そうにこちらをチラリと見る。

「大丈夫だ！」

千尋は邪魔にならない位置で、匕首を握りしめていた。戦いに割って入るタイミングがわからない。

耀は無駄のない動作で触手をかいくぐり、剣を振り下ろした。

また触手の切れ端が飛び、蓮池に落ちる。

その時、千尋の右足首に冷たいものが巻きついた。

「うわっ……！」

びくっとして見下ろすと、蓮池から這いだしてきた触手がからみついている。表面はぬらぬらしていて、妙な弾力がある。

（やべ……！）

「うわあああああーっ！」

悲鳴をあげて、千尋は足をふりまわした。しかし、冷たい触手はしっかり巻きついて離れない。

「千尋！」

耀がこちらに駆けよってこようとする。

その右手から、触手が鞭《むち》のようにしなって襲いかかる。

「危ねえ、耀っ！」

とっさに耀は、触手を切り裂いた。

しかし、第二の触手が背後から迫る。耀は避《よ》けられない。

「耀っ！」

触手に弾《はじ》かれて、燿の手から破軍剣が飛んだ。

剣はキラリと光りながら、蓮池に突き立った。

(やべえ……)

次の瞬間、燿の喉と胴に触手が巻きつき、締めあげた。

喉に巻きついた触手を両手でつかんだまま、燿は苦痛に顔を歪めている。

(嫌だ……燿！　こんなとこで……蓮根なんかに！)

千尋は、匕首をぬいた。自分の足首にからみついた触手めがけて、闇雲に切りつける。
五、六回、匕首を振り下ろすうちに、触手が外れた。
(やった……！)

ホッとして、燿のほうを見た千尋の全身から血の気が引いた。

燿が五、六本の触手に巻きつかれ、ぐったりしたまま蓮池の上に吊《つ》り下《さ》げられている。

その横に、美女が勝ち誇った表情で立っていた。

「美しい男の苦悶《くもん》の表情は、本当に素敵。ずっとこうして苦しむ姿をながめていたいのに、残念ですわ」

美女の手のなかに、すっと黒い暗器《こがたな》が現れる。

「やめろ！　燿を殺すな！」

千尋は匕首を握りしめたまま、蓮池に飛びこみ、美女にむかって走りだした。

白い花を踏むと、甘い香りが立ち上る。

（なんだ……この匂い……）

頭がくらくらして、膝に力が入らなくなる。

「ち……ひろ……」

吊り下げられた状態で、擢が懸命にこちらにむかって何か言おうとする。

（擢……）

千尋はバシャンと水飛沫をあげて、浅い池のなかに膝をついた。

夢のように美しい光景のなかで、すべてが終わろうとしている。

「オレは……帰る……のに……」

擢と一緒に。

「安心なさい。この男を片づけたら、次はおまえの心臓をくりぬいてあげましょう。すぐに楽になりますよ」

含み笑いする美女の姿が、しだいに霞んでいく。

（もう……ダメなのかな……。擢……）

こんなふうに終わるとは思わなかった。

「ごめん……」

連れて帰ってやると約束したのに、果たせなかった。

千尋の唇が弱々しく動いた。だが、もう声は出ない。

(耀……)

身体が前のめりに倒れこんでいく。

意識を手放しかけながら、千尋はどこか遠くで懐《なつ》かしい声を聞いた。

まーっ！

(まー？)

バシャン……。

顔面から水につっこみ、冷たいと思った瞬間、目が覚めた。

(え？　ええっ？)

滴を飛び散らせて、がばっと起きあがった千尋の目に、蓮池のむこうから押しよせてくる大熊猫《おおくまねこ》の群れが映った。

第五章　紅《あか》い符

蓮池《はすいけ》の岸に押しよせてきた大熊猫《おおくまねこ》の群れは、およそ二十匹。

その先頭に、右耳の先が欠けた大熊猫がいた。背中に大熊猫の子をのせている。

「チビ……！　お母さん……！」

まーっ！

大熊猫の母親が一声鳴いて、蓮池に飛びこんだ。

つづいて、仲間たちが飛びこんでいく。

「な……！　薄汚い妖獣《ようじゅう》どもが！　わが池から出ておいき！」

美女が眉《まゆ》をきりきりと吊《つ》り上《あ》げて叫ぶ。

大熊猫の母親が、くわっと顎《あぎと》を開いた。

その口のなかに、五、六個の白い光点が点滅しはじめる。光点は虹色《にじいろ》に輝きながら、数を増していく。

大熊猫たちの目が赤く光りだす。

次の瞬間、母親の口から強烈な白い光が迸《ほとばし》った。
（うわ……！）
ドドドドドドドドドーンッ！
光線が命中した洞窟《どうくつ》の壁が轟音《ごうおん》とともに崩れ、砂埃《すなけむり》が舞いあがる。
焼けこげたような臭《にお》いがして、あたりの甘い香りが薄れた。
つづいて、他の大熊猫たちもくわっと口を開いた。
幾条もの白い光線が、美女と触手にむかって吸いこまれていく。
（すげえ……）
とても現実のものだとは思えない。
「きゃあああああーっ！」
美女が悲鳴をあげた瞬間、あたりがカッと白く光った。
ドドドドドドドドーンッ！
触手がふっ飛ばされ、櫂《かい》の身体《からだ》が蓮池に落ちる。
ぐったりした櫂の身体は数秒のあいだ、翡翠色《ひすいいろ》の水に浮いていた。
しかし、左右から水が覆いかぶさり、櫂の肩や背中が水中に消えていく。
（嘘《うそ》だ……！）
千尋の全身の血が逆流した。

「燿！　燿ーっ！」

こんなことがあるはずがない。

（一緒に帰ろうって約束したのに！　ゲームはまだ終わっちゃいねえだろ！）

とっさに、千尋は燿のいた場所にむかって駆けだした。

「燿！　どこだ、燿⁉」

浅い水をかきわけ、必死に燿を捜す。

しかし、指先に触れるのは藻や蓮の葉ばかりだ。

その時、背後に人の気配が立った。

（燿⁉）

ホッとして見上げた千尋の視線の先に、すさまじい形相《ぎょうそう》の美女が立っていた。衣はあちこち焦げ、袖《そで》は破れ、綺麗《きれい》に結いあげた髪も無惨《むざん》に乱れている。

（ひ……！）

千尋の喉《のど》が、かすかに鳴った。

美女の姿は見る見るうちに老いさらばえ、皺《しわ》だらけの老婆に変わっていく。

もう美しい姿を維持できなくなったのだろう。

「おのれ！　おまえも死ね！」

鋭い爪《つめ》の生えた指がのびてくる。

千尋は必死に匕首《ひしゅ》をふりまわした。

だが、腕が何か固いものにぶつかり、指から匕首が飛ぶのがわかった。

強く頬《ほお》を打たれ、蓮池に仰向けに倒れこむ。

バシャッと飛び散る透明な水と、青紫に霞《かす》んだ洞窟の天井が遠くに見えた。

（ダメだ……もう……）

視界に老婆の姿がいっぱいに広がる。

その瞬間だった。

まーっ！

大熊猫たちがいっせいに鳴く声がしたかと思うと、七、八本の白い光線が千尋の頭上を走りぬけ、老婆の身体を貫いた。

（…………！）

「ぎゃあああああああーっ！」

ジュッと水が蒸発する音がして、蓮池の一角が陥没した。

その周囲の蓮の花が縮み、茶色くなって消滅する。

「たす……かった……」

千尋はよろめきながら立ちあがり、あたりを見まわした。

それから、息を呑《の》む。

蓮池に叩《たた》きつけられたはずの老婆の姿は、もうどこにもない。

それどころか、足もとの水も蓮の花も消え失《き》せ《う》ていた。

蓮池はただの陰気な大洞窟と化し、幻想的な光も消えている。

燐光《りんこう》のような不気味な光が、あたりを青白く照らしだしていた。

尖《とが》った岩と岩のあいだに、人骨が白く転がっているのが見えた。

そのなかに、櫂の破軍剣《はぐんけん》だけが鈍く光って落ちている。

（消え……ちまった……）

大熊猫たちは口を開いた姿勢のまま、しばらく宙を睨《にら》んでいたが、ふいに全身の緊張を解いて石の床にころんと転がった。そのうち仲間同士でくっつきあい、重なりあって白黒の毛玉団子のようになる。まるで、電池でも切れたような様子だ。

千尋は破軍剣に歩みより、拾いあげた。そのまま、しゃがみこみ、片手で顔を覆う。

あまりにも無力で、涙さえ出ない。

（嘘だろ……こんなの……）

異世界に飛ばされたのに、戦う力がない。知識がない。自分は勇者ですらなく、親友や仲間を護《まも》ることさえできなかった。

捕らえられた少女を救うことさえできない。

得たものは桃花巫姫《とうかふき》の名と、王の寵童《ちょうどう》の称号。

（どうしたらいい……？　オレ……たった一人で……）

呆然《ぼうぜん》とする千尋の足もとに、小さな大熊猫が駆けよってくる。

まー。

「チビ……」

チビは千尋の絹の袍《ほう》の端をくわえ、引っ張った。

「ついてこいって……ことか？」

妖獣の黒い目が、千尋をじっと見上げている。

その眼差《まなざ》しに、神獣の勿忘草色《わすれなぐさいろ》の目を思い出す。自分のことを信頼しきった獣の瞳《ひとみ》。

（わかった）

千尋は目をこすり、立ちあがった。

まだ自分は元気で、手も足も動く。思考力も残されている。

少なくとも、まだすべてが終わったわけではない。

（麗玉《れいぎょく》さんは、オレの助けを待ってるかもしれねえ。……耀たちだって、もしかしたら）

チビを信じて行ってみようと思った。

千尋の気持ちが固まったとみたのか、チビが先に立って駆けだす。

＊　　＊

チビが連れてきてくれたのは、洞窟の奥の階段を下った房《へや》だった。ここも広い洞窟だったが、上の洞窟よりも高さがある。

数百メートル上の壁に穴があり、そこから幾筋もの光が射《さ》しこんでくる。洞窟の深い部分には光は届かなかったが、あちこちに青白く輝く不思議な苔《こけ》が生えている。

あたりは、海底のように青白く見えた。

（あ……！）

洞窟の中央は平らになっており、そこに赤黒い液体で魔方陣のようなものが描かれていた。

魔方陣の中央には、氷輪《ひょうりん》が人間の姿でぐったりと横たわっていた。

それを取り囲むように、四つの透明な玉が配置されていた。

玉は見た感じは巨大なシャボン玉のようで、光の加減で表面に虹色の光の膜《まく》が現れる。

玉のなかには、それぞれ櫂、姜尚《きょうしょう》、叔蘭《しゅくらん》、それに麗玉が閉じこめられていた。

四人とも目を閉じたまま、玉のなかで動かない。

（なんだよ、これ……！　まさか……死んで……）

胸の鼓動が速くなる。

全身が冷たくなり、耳の奥で自分の血管がガンガン鳴っているのがわかる。

「櫂！」

千尋は、一番手前の櫂の玉に駆けよった。

櫂は、玉のこちら側にもたれかかるようにして座っている。肩や左手の手のひらが玉の内側に触れていた。

恐る恐る触ってみると、玉の表面は硝子《ガラス》のように固く、冷たかった。

「しっかりしろ、櫂！　起きろ！」

少しためらい、破軍剣をふりかぶり、櫂の玉に叩きつける。

キーンと音がしたが、玉には傷一つつかない。何度もやるうちに腕が痺《しび》れてきた。剣では壊せないのかもしれない。

「櫂！」

千尋は玉ごしに櫂の手のひらに手をあわせ、懸命に呼びかけた。

少しでも温《ぬく》もりが伝わるように。

（頼む……。目を覚ましてくれ、櫂……生きてるなら）

玉のなかで、櫂の目が薄く開いた。

「櫂！　見えるか？」

燿が二、三度、瞬《まばた》きして、弱々しくこちらを見た。「千尋」というように唇が動く。

(よかった……。生きてた……)

チビも歩きまわり、姜尚の玉に前脚で触れてみている。

「燿、なんとかして、そこから出してやるからな!」

「無駄だよ」

ふいに、背後から嗄《しわが》れた声がした。

千尋とチビは、同時に振り返った。

いつの間に現れたのか、房の真ん中に老婆が立っていた。上の洞窟で見た時より、もっと歳《とし》をとり、化け物じみた形相《ぎょうそう》になっている。

(げ……)

老婆は千尋の怯《ひる》んだ様子を見、意地悪く唇を歪《ゆが》めてみせる。

「傷ついた倅《せがれ》は、その四人の生気を吸って目覚めよう。おまえもここで死ぬがいい。それで、倅もあのかたとの約束を果たせるというものよ」

「約束?」

「おまえを殺すという約束だよ」

「誰だよ……オレを殺せって言った奴《やつ》」

「心当たりもないか。これは、香貴妃《こうきひ》さまもお怒りになるはずだねえ」

老婆は、クックッと笑う。

千尋は呆然として、老婆の顔を凝視した。

「香貴妃さま……？　どうして、あの人がオレのことを狙《ねら》うんだ……？　なんで……!?」

「そんなこともわからぬのかえ？　おまえが邪魔だからだよ」

「邪魔……？」

そういう理不尽な理由で殺されるのか。

なぜ、あの寵《ちょう》妃《き》にここまで憎まれるのかわからない。

千尋にとって、香貴妃はもう二度と会うはずのない人間だった。単に「後宮から逃がしてくれた人」でしかない。

それなのに、むこうは忘れたはずの場所から手をのばしてきて、自分の喉もとに爪をたてようとする。その執念が怖《おそ》ろしくてたまらなかった。

「さあ、そろそろ終わりにしよう」

老婆の目がカッと光る。

そのとたん、千尋は全身に強い衝撃を受け、悲鳴をあげた。

「うわあああああーっ！」

身体が宙に舞う。手から破軍剣が飛ぶのがわかった。

（落ちる……死ぬ……！）

次の瞬間、千尋の身体は石の床に叩きつけられた。
背中に鋭い痛みが走り、一瞬、息が止まる。
気がつけば、魔方陣のすぐ横に転がっていた。
破軍剣は、どこに行ったのかわからない。
（耀……）
耀がこちらを見、必死に内側から玉を叩いている。
まー！
チビが千尋に駆けよってきて、顔をのぞきこみながら悲しげに鳴く。
千尋は懸命に立ちあがり、小さな大熊猫を押しやった。
「おまえ……逃げろ。お母さんのところに……」
その時、千尋の前に老婆がすっと現れた。
まーっ！
必死に飛びかかった大熊猫が、老婆の腕の一撃で洞窟の端までふっ飛ばされる。
「チビ！」
（なんて、ひでえことを……）
キッと睨みつけた千尋をながめ、老婆は滴《したた》るような悪意をこめて笑った。
「死ぬがよい、小松《こまつ》千尋。王の寵童よ」

老婆の右手が、すっとあがる。

その指先に、刃物のような爪が現れた。長い爪の先端は、不気味に尖っている。

逃げなければと思うのに、妖獣の目に射すくめられたように動けない。

（やばい……。やられる……）

老婆の爪が、勢いよく振り下ろされてくる。

その瞬間だった。

ザシュッ！

刃《やいば》のような風が走り、老婆の腕から血が繁吹《しぶ》いた。

「な……何ぃ⁉」

老婆がハッとした瞬間、その糯裙《ころも》の胸に深紅の符が貼《は》りついた。符には篆刻《てんこく》のような書体で金色の文字が書かれていたが、千尋にはなんと書いてあるのかわからない。

「縛《ばく》！」

男性的な美声が響きわたる。

あたりがパーッと深紅に輝いた。

老婆は悲鳴をあげて、両腕を開き、深紅の光のなかで硬直した。老婆の腕や足に、緋色《ひいろ》の電流のようなものが走っている。

（え……？　今の……？）

カツン……と足音がして、千尋の傍《かたわ》らに燿が立った。右手に破軍剣を持っている。

酷薄で無慈悲な横顔は、燿のものであって燿のものでないようにも見えた。

その全身から炎のような霊気が立ち上っている。

いつの間にか、魔方陣を構成する玉が一つ壊れていた。

「燿……」

「これは……禁呪《きんじゅ》……！　なぜ、おまえがこんな術を……！」

深紅の光のなかで、老婆が苦しげにうめくのが聞こえた。

燿は、射抜くような眼差しを老婆に据える。

「呪《しゅ》をもって火を禁ずれば、すなわち鎮火し、呪をもって水を禁ずれば、すなわち凍る。死者を禁ずれば、腐らず、妖《よう》を禁ずれば、これを消滅せしめる」

白い手が袍の懐《ふところ》に入り、さらにもう一枚、紅い符をぬきだす。

「妖にとって存在を禁じられることは、すなわち死を意味する。俺に禁じられたいか？」

「おのれ……！　人間ごときにやられるものか！」

布が裂けるような音とともに、老婆は無理やり符から身をもぎ離し、ポーンと後ろに跳んだ。

着地したのは、氷輪の傍らだ。

「和子《わこ》よ！　力を貸しておくれ！」

老婆が血の滴る腕を押さえながら、叫ぶ。

横たわっていた氷輪の目がぱちりと開く。

「はい。母上」

次の瞬間、母子の姿がどろりと崩れたように見えた。

(え……⁉)

崩れた身体は一つに溶けあって膨れあがり、ボコボコと不気味に泡立ちながら巨大な黒い蛙《かえる》に変わっていった。目は黄色で、ちらちら動く舌は青黒い。

怖ろしい妖気が吹きつけてくる。

千尋はただ為《な》す術《すべ》もなく、この光景を見上げていた。

黒蛙が不気味に目を光らせ、櫂にむかって青黒い液体を吐きかけた。

──死ぬがいい!

「危ない、千尋!」

とっさに、櫂が千尋を下がらせ、全身でかばう。

ジュッ!

たった今、櫂のいた場所に青黒い液体がかかり、石の床が溶けた。

鼻にツンとくるような刺激臭が漂った。

「今の……」

「毒液だ」

素早く千尋の前に出て身構えながら、櫂が答える。その視線は、黒蛙から離れない。

「毒液⁉」

「安全なところに移動しろ。十メートルも離れれば、毒液は届かない」

「わかった！」

千尋が走りだすのと同時に、黒蛙が青黒い舌を閃《ひらめ》かせた。

――逃がすものか！

「まだ千尋を狙うか」

櫂が薄く笑い、懐から紅い符をぬきだした。

――今の我らに禁呪はきかぬ！　愚かな人間めが！　ここが貴様の墓場だ！

「さあ、それはどうかな」

言葉と同時に、櫂の手もとから符が飛んだ。

ビシュッ！

逃れようとする黒蛙の頭部に、符が貼りついた。

――うぎゃあああああああーっ！

黒蛙の身体が硬直する。

「急々如主命《きゅうきゅうじょしゅめい》！」

符を中心に、幾条もの赤い光が射してきた。

赤い光線に重なるようにして符の金色の文字が浮かびあがってくる。

文字は千尋には読めない書体で、逐妖破邪《ちくようはじゃ》と書かれている。

黒蛙は金色の文字に呪縛されたまま、懸命にもがいていた。

——嫌だ……こんなはずでは……！　香貴妃さま！　助けてください！　香貴妃さまーっ！

「無駄だ」

櫂は酷薄な瞳で黒蛙を見据え、破軍剣を目の前に翳《かざ》す。その足もとから、霞《かすみ》のような光が立ち上りはじめた。

破軍剣を横に払い、櫂は地を蹴《け》って走りだした。

剣を手にし、光をまとって走るその姿は強く猛々しい力に満ちている。

こんな時だというのに、千尋は櫂の姿に目を奪われていた。

輝く人影が紅い符と金の文字の手前で跳躍し、空中で破軍剣をふりかぶる。

「禁！」

黒蛙の頭から胴体にかけて、まっすぐ銀色の光が走る。

切り裂かれた符と金の文字が、無数の金の光の粒になって散った。

——ひぎゃあああああああーっ！

黒蛙の全身から、幾条もの光が射してきた。光のなかで、黒蛙の身体は激しく躍りながら縮んでいく。

——バカ……め……。我らを倒せば、陳《ちん》氷輪も……助からんぞ……。一緒に死ぬ……。

呪《のろ》うような思念が漂い、ふっと消えた。

(終わった……のか?)

気がつけば、黒蛙のいた場所には長身の青年が仰向けに倒れていた。

緑の袍に包まれた身体はボロボロで、煤《すす》と埃《ほこり》にまみれている。端正な顔は土気色で、唇の色は青みがかっていた。

ぐったりと投げだされた手の側《そば》に、紅玉の指輪がキラリと光って転がっている。

指輪は千尋たちの見守る前で二つに割れ、粉々になって消え失せた。

(なんだったんだ、今の……?)

櫂が破軍剣を鞘《さや》に戻すのが見えた。その全身を包んでいた不思議な光は、もう消えている。

千尋は震えながら、倒れた青年に近づいていった。チビもよたよたと千尋を追いかけてくる。

瞳を閉じた青年の胸が不規則に動いていた。

しかし、誰の目にももう死は旦夕《たんせき》に迫っているように見える。

燿も近づいてきて、千尋と並んで青年の傍らに膝《ひざ》をついた。青年を見下ろす瞳には、哀れみに似た色がある。

「どうなったんだ？　この人は？」

小さな声で尋ねると、燿がそっと答える。

「憑依《ひょうい》していた肉芝《にくし》が消えて、もとの県令《けんれい》に戻った」

「そっか……」

(助からない……よな)

麗玉になんと言っていいのかわからない。

その時、慌ただしい足音とともに麗玉が氷輪の傍らに駆けよってきた。

黒蛙が滅びるとともに魔方陣も消え、玉のなかにいた三人も解放されたようだ。

「氷輪さま……？」

麗玉は崩れるように氷輪の傍らに座りこみ、その手をとった。

「目を開けて！　私の家族になってくれるって言ったのに！　置いていかないって言ったくせに！　氷輪さま！」

瀕死《ひんし》の青年は、まったく反応を見せない。

麗玉は氷輪にとりすがり、懸命に名を呼んでいる。

血を吐くようなその声を聞くのは、つらい。

自分たちが力およばなかった結果だと思えば、いっそう胸が痛い。

千尋は、小声で糴にむかって尋ねた。

「糴……なんとかならねえのか？　おまえの術で……」

「禁呪で禁じれば、人でないものになってしまう。それでは意味がない。……残念だが、憑依されていた期間が長すぎたんだ」

「あの蛙を殺さずに、なんとかできなかったのか？」

酷な質問だと知りながら、口にせずにはいられない。

糴の瞳が暗くなった。

「すまない。俺も万能じゃないんだ」

（そうだよな……。オレだって、何もできねえで、ただ見てただけだったし……。糴は戦ってくれたのに）

チビが慰めるように、まーと鳴いた。

千尋も、死にゆく青年の傍らに膝をついた。

もし、ここが現代ならば、すぐに救急車を呼んだろうに。

けれども、ここには病院はなく、医者もいない。

（ごめん。オレ、何もできねえ……）

麗玉が氷輪の手を握りしめ、頬に押しあてている。麗玉の瞳からあふれだす涙が、氷輪の手を濡《ぬ》らしていた。

もし、これが櫂だったらと思うと、胸が苦しくなった。

（死なせたくねえよな。どんなことしてでも……）

しかし、今の千尋には一緒になって悲しむことくらいしかできない。

（頼む……氷輪さんを助けてくれ。誰でもいい……神さま……。神さま、いるのかな、この世界に……）

この世界の何に祈ればいいのだろう。

神がいるのか、祖先を祀《まつ》っているのかどうかすら、千尋は知らない。

ただ、知っているのは人々が神獣の祠堂《しどう》に祈っているということだけだった。

世界を護るのは神獣であり、その神獣を護るのは桃花巫姫。

そう思った時、初めて責任の重さを痛感した。

（でも、オレには何もできねえ）

千尋は胸のなかに、柏州《はくしゅう》の神獣の姿を思い浮かべた。

最初は子山羊《こやぎ》のようだった純白の獣。

降りそそぐ火矢から自分と櫂を護ってくれた神々《こうごう》しい姿を思い出す。

（神獣……助けてくれ）

初めて、強く念じた。

その時、どこかで高く澄んだオルゴールのような音がした。

（え……？）

芳《かぐわ》しい風が吹いた。

千尋の背後から、不思議な青い光が射してくる。光はしだいに強くなってきた。

――ようやく呼んだな。

焦《じ》れたような思念に振り返ると、そこには純白の獣が立っていた。

鹿《しか》のような姿で、額には三十センチほどの白い角が生えている。千尋をじっと見つめる瞳は勿忘草《わすれなぐさ》の色。

この柏州を陰《いん》の気から護る聖なる獣、神獣。

「神獣……。なんで……？」

――桃花が呼べば、すぐ来る。なぜ呼ばない。

柏州の神獣は、不機嫌そうに長い尻尾《しっぽ》をバサッと動かした。

「ごめん……」

（じゃあ、呼べばよかったのか……）

手をのばすと、純白の獣は近よってきて、千尋の手の匂《にお》いを嗅《か》いだ。

耀が感情を押し殺すような瞳で、そんな千尋と神獣の姿を見つめている。

「柏州侯《はくしゅうこう》？　でも……どうして……？」

呆然《ぼうぜん》と見上げた麗玉の瞳が、千尋の上で止まる。

その眼差しのなかには疑問と希望、不安と恐怖がないまぜになって存在する。

千尋は麗玉の視線を痛いほど感じながら、神獣にむかって話しかけた。

「この人のこと、助けられるか？」

いくら聖なる獣でも、人の命まで取り戻すことはできないかもしれない。

それでも、神獣ならなんとかしてくれるのではないかと思ってしまう。

その気持ちは、たぶん蓬萊《ほうらい》の他の人々と変わらない。

神獣の勿忘草色の目が、ぐったりと横たわる氷輪を映す。

――それが桃花の願いならば。

「うん……オレの願いだ」

――ならば、いい。

神獣は優美な仕草で身を屈《かが》め、長い角の先をそっと青年の胸に押しあてた。

あたりは、水を打ったように静まりかえっている。

気がつけば、いつの間にか大熊猫の群れが千尋たちを遠巻きにして、こちらをじっと見守っている。

チビの母親の側には、意識を取り戻したらしい姜尚と叔蘭の姿も見える。

――消えよ、穢《けが》れし陰《いん》の気。去れ、この男のなかから。

神獣のまわりで、清い霊気が渦を巻く。

それにつれて、角で触れられた青年の胸がぼうっと淡く光りはじめた。

ふいに、瀕死の氷輪の口から、黒い煙のようなものがゴボゴボッと吐きだされてきた。

煙は拡散し、消えていく。氷輪の頬に血の色が戻ってくる。

やがて、氷輪は目を開いた。

その視線が、傍らの麗玉の姿を捉《とら》えた。

「麗玉……。ここは……？」

聞こえるか聞こえないかの声が、麗玉の名を呼ぶ。

麗玉は氷輪の顔をのぞきこみ、微笑《ほほえ》もうとした。

「金門山《きんもんざん》の肉芝の巣です。でも、もう大丈夫。柏州侯が助けてくださいました。氷輪さま……」

声は途中で途切れ、すすり泣きに変わった。

弱々しくあがった氷輪の手がそっと麗玉の目もとに触れ、涙を拭《ぬぐ》い去《さ》っていく。

「泣くな、麗玉。家に帰ろう……一緒に……」

ささやくような声に、麗玉は何度もうなずいた。

（よかった……）

千尋はそっと立ちあがり、恋人たちの側から離れた。

その後を神獣が優美な足どりで追ってくる。

——桃花。

「ん？　どうした？」

純白の獣は、ふうっと息を吐いた。その身体が見る見るうちに小さくなり、子山羊のような姿に戻っていく。

「あ……神獣」

返ってきたのは、ミューという細い鳴き声だった。

——お腹《なか》すいた。

霊力を使い果たして、疲れてしまったのだろう。

千尋は小さな神獣を抱きあげ、頬をすりよせた。濡れた鼻づらが押しつけられてくる。

「大丈夫だよ。すぐに瑞香《ずいこう》探してやるから」

櫂がつらそうな表情で、じっと千尋と神獣を見つめている。

千尋と純白の獣のあいだに存在する深い絆《きずな》を断ち切っていいのかどうかと、思い迷うような瞳だった。

しかし、千尋はそんな櫂の眼差しには気づかなかった。

（瑞香、どこに生えてるのかな。こいつには腹いっぱい食わせてやんなきゃ）

ぼんやりと考えていると、背後から麗玉に呼び止められた。

「あの……千尋さま……」

振り返ると、麗玉は涙に濡れた目で千尋をじっと見つめ、恭《うやうや》しい仕草でその場に膝をついた。両手と頭を地面に押しあてる。

「ありがとうございます」

あきらかに最上級の礼。

千尋は戸惑って、麗玉を止めようとした。

「あ……いや、お礼なんていいよ。そんなことしなくても……」

「いいえ。あなたさまとお仲間のおかげで、氷輪さまが助かりました。本当にありがとうございます。それに……柏州侯を呼んでくださって、感謝しています、桃花巫姫」

結局、そう呼ばれるのだ。

「顔をあげてください。オレはそんなご大層なものじゃないし、まだ桃花巫姫かどうかもわからない」

千尋は神獣を抱いたまま、麗玉の前に膝をついた。

麗玉は顔をあげ、びっくりしたような表情になって、千尋とその腕のなかの小さな神獣を見つめた。神獣が小首をかしげて、麗玉を見返す。

「オレは、異世界から来たんです。そして、異世界に帰る道を探している。ただの十五の子供なんです。……それに男だし」

千尋の言葉に、麗玉は初めて微笑んだ。

「でも、柏州侯を視《み》せてくださいました。氷輪さまを助けてくださいました。私、忘れません。希望はこの世にあるのだと、身をもって示してくださいました」

「オレは何もしてない……」

「いいえ。そこにいてくださるだけで充分です。そうして、柏州侯を抱いていてくださるだけで……」

麗玉は、いとも幸福そうに笑った。

その笑顔に、ずしりと重いものを託された気がした。

櫂が深い眼差しになって、そんな千尋の横顔を見つめている。

＊　＊

陳氷輪は己を取り戻し、小松千尋らとともに金門山赤腹洞《せきふくどう》を出た。

氷輪は空き家になっていた柳《りゅう》麗玉の祖父の家で数日休み、関江《かんこう》にある屋敷に戻っていった。

金門山の肉芝に憑依されていたことと、通りすがりの桃花巫姫とその仲間たちに助けられたことを語ると、人々は一様に驚き、氷輪の無事を喜びあった。

柳麗玉は氷輪とともに屋敷に戻り、肉芝によって高楼《こうろう》の一つに幽閉されていた氷輪の父母を助けだした。

氷輪の父母は麗玉が氷輪を助けるために尽力してくれたことを聞いて、初めて感謝の言葉をのべた。

千尋と糴は、県令の屋敷には行かなかった。どちらも、行けない理由があった。

氷輪は尾崎《おざき》糴が蓬莱王と瓜二《うりふた》つであることと、千尋が桃花巫姫でありながら、同時に王の寵童《ちょうどう》として屋敷に滞在していたことに気づいていたようだが、それについては賢明にも口をつぐんでいた。

李《り》姜尚と楊《よう》叔蘭もまた、県令の屋敷には行かなかった。

王に睨まれている長風旅団《ちょうふうりょだん》の指導者と関江の県令が親しく接触することは、氷輪にとっては危険なことだろう。

柏州の神獣は千尋の手からお腹《なか》いっぱい瑞香を食べ、満足して臥牛に帰っていった。

千尋が柏州にいるあいだは、呼べば、いつでも会えると叔蘭が教えてくれた。

芳芳《ほうほう》は金門山での戦いの後、姜尚のところに戻ってきた。

大熊猫に化かされていたことに気づいた趙朱善《ちょうしゅぜん》は衝撃を受け、行方不明の千尋を捜しだすため、少数の部下たちとともに必死に金門山の山中に分け入った。

千尋を救出するまでは、朱善は王都には帰れないと覚悟を決めていた。

姜尚たちは櫂の活躍を目の当《ま》たり《あ》にし、心に疑念を抱いたようだった。

—おまえ、何者だ？

洞窟を出る時、姜尚が傍らを歩いていた櫂にむかってボソッと尋ねた。

王の寵童の傍らにあって、常に護ろうとする凄腕《すごうで》の「幼なじみ」。

出所不明の大金と翼龍《よくりゅう》を持ち、禁呪を使う異世界の住人は少なくとも一般人ではありえない。

櫂の背後にいる者は誰なのだろう。

—王の密偵だとでも思っているのか。

櫂は、無表情に答える。

叔蘭がため息をついた。

—残念ながら、それを否定する要素が見つかりません。疑いたくはないのですが。

—小僧、関江で別れてから、昨日までどこに行っていた？　翼龍でどこにむかった？

姜尚の問いに、櫂は短く「言えん」と答えた。

—言えないだと？

—だが、おまえたちをどうこうするつもりはない。後ろから攻撃するような真似《まね》もしない。

—おまえは、千尋の味方だと思っていていいんだな？

――むろんだ。千尋のいる側が俺のいる場所だ。

その答えに、姜尚が納得したのかどうかはわからない。

麗玉の祖父の家で休んだ数日、姜尚たちと麗玉は互いに同じ梧州《ごしゅう》の民として語りあった。

――あなたのことは覚えています。李家の若さまですね。

麗玉は、両親が呂《りょ》家の使用人だったと打ち明けた。呂家に仕えた姜尚の父や、まだ少年だった姜尚のことも知っていると。

――ひょっとして、紅蘭姫《こうらんひめ》の行方を聞いちゃいねえかな？　あの乱の後、亡骸《なきがら》は見つからなかったというが。

姜尚は、静かに尋ねた。

――祖父ははっきりとは話してくれませんでしたが、今思うと妓楼《ぎろう》に売られたのではないかと思います。そういう場所には興味のなかった祖父でしたが、一時期、臥牛《がぎゅう》の妓楼に定期的に行っていたと聞きました。……いえ、お客としてではないと思いますが……。

――臥牛、だと？　あそこの色町か……。しかし、見かけたことはねえ……。

言いかけて、姜尚は千尋の視線に気づき、頬を赤らめたようだった。

――そんな目で見んなよ。俺は、お姐《ねえ》さんたちの相談に乗ってやってただけだ。

（べつにいいけど）

千尋は、ため息をついた。

——だが、臥牛か。そいつは何年前の話だ？

——少なくとも、五年以上前です。祖父が退官して、こちらに来たのもその頃ですから。

——じゃあ、俺はまだ大学に入る前だ。臥牛にはいなかったな。まあ、むこうに戻って調べてみれば、わかるかもしれねえな。ありがとうよ、麗玉さん。

明るく言いながらも、姜尚の肩が少し下がっている。

妓楼に売られた貴族の娘が正気で生きている確率は、どのくらいだろう。

——そういえば、五年前は蓬莱王が登極した年でしたね。あの年、登極を祝って、後宮に次々と美女たちが集められました。そのなかには、郡王や高官が妓楼から落籍《ひか》せて、手もとで磨きあげ、貴婦人として送りこんだ女たちもいたと聞きます。

ポツリと叔蘭が言う。

——後宮？　まさか、紅蘭姫が……。いや、それはないだろう。蓬莱王は姫にとっては父母を殺し、一族郎党を根絶やしにしようとした男の息子だぞ。

姜尚は、叔蘭の言葉を一笑に付した。

（後宮……？）

千尋は、ゴクリと唾《つば》を呑みこんだ。

姜尚や叔蘭には決して入りこめない場所。

しかし、自分はその気になれば、潜入することができるかもしれない。以前、朱善と通った道を逆にたどれば、あるいは……。

（何考えてんだよ、オレ……。絶対無理だ。そんなのできねえ。それに、オレ、櫂と帰るんだから……）

もし、鵬雲宮《ほううんきゅう》に戻れば、今度こそ王のものにされてしまう。

次は、どうあっても逃げられないだろう。

千尋は頭を振り、月季《げっき》のことを胸のなかから締めだした。

いくら優しくしてくれても、愛を誓ってくれても、神獣の祠堂を破壊する覇王《はおう》であるかぎり、月季のことは受け入れられない。

千尋の道は、櫂とともにあった。

＊　　＊

千尋たちが肉芝を退治し、洞窟を出た頃、王都では一人の老人が仕事の手を止め、窓の外をながめていた。

襲撃事件に倒れたと伝えられた丞相《じょうしょう》、崔烏陵《さいうりょう》である。

烏陵は数日前のことを思い出していた。

——烏陵、無事か⁉

めずらしく蒼白《そうはく》な顔で駆けこんできた若い王。

——無事とは？

——襲撃され、重傷を負ったと聞いたが。

——私はご覧のとおり、元気でおりますが。

王は、ハッとしたような顔になった。

——たばかられたか。

そのまま、とってかえした王からは「余は離宮にいることにせよ。禁軍は戻り次第、王都で通常どおり待機させるべし」との指示だけが届いた。

桃花巫姫に手を出すことは、まかりならぬという一文も添えられていた。

丞相は、ため息をついた。

趙朱善からは、「千尋さまを奪われました。救出するまでは戻りません。無事、帰還を果たした暁には、この一命をもってお詫《わ》びいたします」という主旨の書状が部下に託して届けられている。

朱善への処遇も、王の指示なくしては決められない。

伝言を持ち帰った部下は、現在、自宅待機中である。王の機嫌如何《いかん》では、斬首《ざんしゅ》されてもおかしくない立場だということは承知しているようだ。

これほどに、臣は悲しいまでに必死に王に仕えている。

それは、単に龍月季が王の血筋に生まれたからという理由だけではない。

あの黒髪の若者の人としての魅力と王者の資質を信じ、その大いなる翼のもとで暗い時代を乗り切り、ともに同じ陽《ひ》のもとで輝かしい栄光をつかもうとしているからにほかならない。

龍月季の肩には蓬萊国の命運のみならず、王を信じる、すべての人々の希望がかかっている。

(それを忘れずにいてくだされ、主上……。月季さま)

嵐《あらし》の前の強い風が、鵬雲宮《ほううんきゅう》の木々の梢《こずえ》を揺らしている。

烏陵は再び手もとに視線を落とし、提出された書類に朱を入れはじめた。

＊　　＊

嵐は王都を吹きぬけ、金門山にも達していた。

夏の終わりの嵐で、これが過ぎると蓬萊は一気に秋の色を深めるのだという。

麗玉の祖父の家での最後の夜だった。

「こんな時間になって、申し訳ありません。私もいろいろ考えねばならないことがありました」

夜遅く、千尋と耀の房《へや》を訪れた氷輪は礼儀正しい口調で言った。

窓の外では風が強まり、激しい雨が降りだしている。

「考えねばならないこと？」

客用の寝台に座って、千尋は首をかしげた。

「お二人が何者かということです」

静かな瞳でじっと見られ、千尋はドキリとした。

氷輪は自分が桃花巫姫であり、王の寵童であるということを知る、数少ない人間だ。

何を言うのか、心配になった。

「俺たち二人は、異世界から来た。二人で異世界に戻りたいと思っている。少なくとも、俺はこの世界の争いに関《かか》わるつもりはない。千尋もたぶんそうだろう」

淡々とした口調で、耀が言う。

こちらは、窓際《まどぎわ》の椅子《いす》に腰かけていた。角灯の明かりが、端正な顔を照らしだしている。

「では、王の寵童と桃花巫姫は別人ですね？」

その問いに、千尋は緊張した。返答次第では、面倒なことになる。

しかし、燿は落ち着いた様子で答える。

「この世には、顔の似た人間が三人いるらしい」

氷輪は数秒のあいだ、黙りこんだ。

沈黙のなかに、風雨の音が聞こえてくる。

「李姜尚殿と楊叔蘭殿は、このことをご存じなのですか？」

「いや、知らない。俺たちは何も言わず、遺跡からすぐに帰るつもりだったんだ」

燿の言葉に、氷輪は眉根《まゆね》をよせた。

「遺跡というと、桑州《そうしゅう》のあそこですか。……しかし、遺跡の五行《ごぎょう》の門は蓬莱の、ある土地と別の土地を結ぶものであって、異世界に通じているという話は聞いたことがありません」

（え？　通じてねえ？）

千尋の胸の鼓動が急に速くなってきた。

「じゃあ、五行の門からは帰れねえのか？」

燿もまた、愕然《がくぜん》としたような表情をしている。

「五行の門は、上古《じょうこ》の時代には各地の神獣の祠堂のある町と王都を結んでおりました。王が神獣と交流を持ち、五つの祠堂を護っていた時代のことです。ですが、時代は変わり、五行の門の存在や使い方も忘れ去られていきました。もし、お戻りになりたければ、別の道を探されるほかはありますまい」

　申し訳なさそうな顔で、氷輪が言った。

「別の道って……?」

「私にはわかりません。ですが、桃花巫姫と異世界については王都の大巫子《おおふし》がくわしくご存じのはずです。大巫子というのは、引退された巫子たちの長老にあたるかたです。大巫子をお訪ねください。きっと、それで何かおわかりになるでしょう」

　窓の外で雷鳴が轟《とどろ》き、稲妻《いなずま》が閃いた。

　燿がすっと窓際に移動し、鎧戸《よろいど》を閉める。

（王都か……）

　千尋は寝台の後ろの木の壁にもたれ、揺らぐ角灯の明かりをじっと見つめた。

　結局、あの街に戻ることになるのか。

＊　　＊

　嵐は一晩荒れ狂い、蓬萊を駆けぬけていった。

　荊州《けいしゅう》では実った林檎《りんご》が落ち、臥牛の側では商船が座礁したという話だが、さしあたって関江に被害はなかった。

嵐の数日後、関江の街外れの庭園で陳氷輪と柳麗玉を囲んで、内々のお祝いの集まりが開かれた。

天気は快晴で、心地よい秋風が吹きぬけていく。

石の塀に囲まれた庭園には遅咲きの睡蓮《すいれん》が咲き乱れ、緑の池をのぞむ四阿《あずまや》に花やお菓子、軽食などがふんだんに用意されていた。

集まった人々の数は二十人ほど。そのなかに、氷輪の仕事上のつきあいがある者や役人はいなかった。みな、氷輪や麗玉と親しくしている人間ばかりだ。

池の畔《ほとり》で、楽師たちが二胡《にこ》と呼ばれる弦楽器を演奏している。

酒杯を片手に談笑する者もいれば、音楽にあわせて手拍子を打つ者もいる。

(県令の結婚式なのに地味だな。……あったかくて、いい雰囲気だけど、もうちょっと華やかにやってもよかったんじゃねえのか?)

千尋も桃饅頭《ももまんじゅう》を囓《かじ》りながら、少し首をかしげていた。

櫂と二人で招待されたのだ。

最初、千尋は着ていく服がないので困ったが、櫂が夕焼け色の綺麗な袍を用意してくれた。古着だと説明されたが、どっしりした絹地で、帯も上等な品だ。

姜尚と叔蘭はこの場にはいなかった。二人とも、昨日のうちに梧州《ごしゅう》に旅立ったのである。

もう一段と男ぶりがあがっていた。さっきから、来客の若い娘たちがチラチラとこちらを見ている。

耀も、紫紺《しこん》の木綿の袍を着ている。こざっぱりした格好のせいか、一段と男ぶりがあがっていた。さっきから、来客の若い娘たちがチラチラとこちらを見ている。

「いや、なんでもねえ。……ってゆーか、関江の温泉入りそこねたな」

二人も、明日には関江を離れることになっていた。

残念ながら、温泉は今日は大掃除で休みだという。

「未練が残るか？」

苦笑して、耀が尋ねてくる。

それに答えようとした時、人々がざわめき、婚礼用の紅い袍を着た氷輪が現れた。

氷輪は、同じように紅の袍を着た華奢《きやしや》な少年を伴っている。少年は長い黒髪を結いあげ、花を飾り、手に桃色と白の花束を持っていた。

ハッとするほどの美貌《びぼう》の少年だが、花婿の介添《かいぞ》え役にしては派手すぎた。

(なんだろう、あの子)

千尋は、首をかしげた。

氷輪は美少年と肩をならべ、幸せそうな表情でこちらに近づいてくる。

「やあ、千尋さん、耀さん。先日はありがとうございました。来てくださって、うれしいです」

「ありがとうございます。お二人にはいくら感謝してもし足りません」

美少年も微笑んで言う。その手は、氷輪の手としっかり結ばれている。

(誰?)

「あの……麗玉さんは……?」

少しためらって尋ねると、美少年が「私です」と答えた。

「え? 麗玉さん!?」

千尋は、まじまじと相手の姿を見た。

目鼻だちは、間違いなく麗玉のものだ。

(でもっ……でもっ……男!?)

言われてみれば、たしかに胸はない。

「だますつもりはなかったんですけれど……。すみません」

麗玉が恥ずかしげに言う。

「ホントに男なのか?」

失礼だとは思ったが、まじまじと見てしまう。

隣で、櫂が苦笑した。

「気づかなかったのか?」

「えー？　耀は気づいてたのかよ⁉」

どう見ても女にしか見えなかったのに。

氷輪が穏やかな口調で言った。

「梧州端城《たんじょう》の乱では、呂《りょ》家に仕える男子はことごとく殺されました。乱の前に梧州を離れ、養子に出された少年たちをのぞいて。麗玉は危難を避けるため、女装させられ、女の子のふりをさせられたのです。そして、あの痛ましい事件が起こり、幼かった麗玉は自分が男であることを忘れました。思い出したのは、私と出会ってからです」

「そうなんだ……」

「もちろん、最初は私も驚きましたが、今では一人の人間として麗玉を愛しています。正式な結婚はできませんが、妻として大切にしていくつもりです。幸い、両親も認めてくれましたので、こういう形でお披露目となりました。内々ですが……」

氷輪の言葉に、麗玉は頬を染めた。

桃色の空気があたりに漂っている。

（へえー……へえー……そうですか）

「千尋さんもいろいろ事情がおありのようですが、耀さんと幸せをつかむ日がくることをお祈りしております」

氷輪が頭を下げると、麗玉もそれにならう。似合いの一対といった雰囲気だ。

（なんで、耀？）

千尋は、目を瞬《しばた》いた。耀が苦笑する気配があった。

「今でも充分に幸せなんだがな」

「なんだよ、それ？　意味わかんねえし」

「わからなくていい」

くしゃっと髪をつかまれ、千尋は憮然《ぶぜん》とした顔になった。

子供あつかいされているようで、面白くない。

その時、二胡の音色が大きくなった。

「あの……これを……」

麗玉が微笑んで、花束をそっと千尋に差し出してくる。

（ブーケ？　ブーケなのか？　いや、そんな風習ねえはずだ。わかんねえけど）

目をパチクリさせていると、耀が「もらっておけ」と言った。

千尋は首をかしげながら、甘い匂いのする花束を受け取った。

来客の男女が手をとりあい、楽の音にあわせて踊りだす。

麗玉と氷輪も千尋たちに微笑みかけ、踊りの輪のなかに入っていった。

花嫁と花婿を祝福するように、若い娘たちがいっせいに桃色の花びらをまきはじめる。

それをながめながら、耀がボソリと呟《つぶや》いた。

「氷輪さんが、俺とおまえの新しい符券《ふけん》を用意してくれた。安晴明《あんせいめい》の手配書も取り下げられた。符券があれば、堂々と蘭州に入れる。叔蘭が紹介状を書いてくれたから、大巫子にも会えるだろう。簡単に情報をくれるかどうかはわからんが……なんとかして、帰る道を探しだそう」

「うん。一緒に帰ろうな、櫂」

「ああ」

桃色の花びらが、風にのって千尋たちのほうにも飛んでくる。

(いいな、こういう式も)

「綺麗だ」

千尋の横顔を愛《いと》おしげに見つめながら、櫂がポツリと呟いた。

「うん、綺麗だ。花吹雪みてえ。晴れてよかったな」

桃色の花びらのなかで踊る麗玉と氷輪を見て言うと、櫂が苦笑する気配があった。

「そうだな」

櫂はそれきり何も言わず、微笑んで千尋の傍らに立っていた。

桃色の花びらは千尋の髪や肩にかかり、唇をかすめて落ちていく。

その一枚が、櫂の杯に落ちた。

櫂は微笑み、じっと杯を見つめていた。

「飲まねえのか?」

「もったいなくてな」

(意味わかんねえ)

千尋は肩をすくめて、桃饅頭の残りを口に放《ほう》りこんだ。

そんな二人の上に、午後の陽は穏やかに降り注いでいた。

〈参考図書〉

『怪奇鳥獣図巻』（伊藤清司監修・解説／工作舎）
『山海経　中国古代の神話世界』（高馬三良訳／平凡社ライブラリー）
『中国の妖怪』（中野美代子著／岩波新書）
『中国服装史　五千年の歴史を検証する』（華梅著　施潔民訳／白帝社）
『図説　日本呪術全書』（豊島泰国／原書房）
『図説　日本未確認生物事典』（笹間良彦著／柏書房）
『道教の本』（学習研究社）

あとがき

はじめまして。岡野麻里安《おかのまりあ》です。他のシリーズも読んでくださっているみなさまには、こんにちは。お待たせしました。「桃花男子《とうかだんし》」第二巻『少年は月に囚われる』をお届けします。

前回は初めてのお中華ものということで、かなり気負《きお》って書いた部分がありましたが、今回はあきらめもついたので（笑）、私流にやらせていただきました。

主人公、小松千尋《こまつちひろ》は陸上部です。本当は親友の尾崎櫂《おざきかい》と一緒に野球部でレギュラー争いをして、甲子園《こうしえん》を目指してほしかったんですが、五分刈りの主人公はビジュアル的にちょっと……ということで、個人競技になりました。

でも、棒高跳びで一瞬、鳥のように見えるのが美少年のお約束だったのに、すっかり忘れていて、短距離走になってしまいました。それはそれで残念です。

メールやお手紙、サイトの掲示板などで、一巻のご感想をいただきました。ありがとうございます。

ゲームっぽい世界が舞台なので、ゲームをしないかたがついてきてくださるのかどうか心配していましたが、受け入れてくださったようでホッとしました。

一番人気は、白黒の妖獣です。一巻の表紙に出すか出さないかで、編集さんと十分くらい悩みましたが、結局、見送りました。

千尋と櫂、それに蓬萊王《ほうらいおう》の関係がどうなるのか、楽しみだというご感想も多かったです。櫂が五年間、どうやって過ごしていたか知りたいというお声もありました。これは、そのうち明らかになってくると思います。

蓬萊王は「覇王《はおう》とラブラブエンディング」希望のかたには人気がありますが、「嫌い」というかたもいらっしゃるようです。今後の活躍で王の評価がどう変わるか、私も注視していきたいと思っています。

普通に人気があるのは、櫂と美形の巫子《ふし》と、一部で「メエメエ」と呼ばれている柏州《はくしゅう》の神獣でしょうか。

友人Aはヒゲ部なので、李姜尚《りきょうしょう》が好きだと言っておりました。

千尋と櫂の関係が最終的にどのへんに落ち着くのか、漠然とは考えていますが、実際に書いてみると違うほうにいくかもしれません。あまりダークな展開にはしたくないので、楽しく読んでいただけるようにがんばろうと思っています。

革命と言いつつ、ぜんぜん革命は起きそうにないので、そういうジャンルが苦手なかたも大丈夫だと思います。私の頭のなかにある革命のイメージも、「ベルばら」とミュージカルの「レ・ミゼラブル」止まりです。「それは中華ではなくて、おフランス」というつっこみはなしです。BGMは「民衆の歌」です。易姓《えきせい》革命って何かしら。それって、おいしい？


次回、物語は王都に戻ります。

いよいよ、王都がある蘭州《らんしゅう》の神獣が登場する予定です。

桑州《そうしゅう》の神獣は大人で優等生っぽかったので、内輪では「委員長」と呼ばれてますが、果たして蘭州は？

そして、物語は「ずっと蓬萊王のターン」になるのか。千尋はレベル99になって、セクシーダンスを習得できるのか。パンダに化かされ、さまよう朱善《しゅぜん》の運命は⁉

ご期待ください。

宣伝です。

ドラマCD「少年花嫁《ブライド》」シリーズ第四弾『剣《つるぎ》と水の舞い』が、サイバーフェイズさんから発売されました。ドラマCD「鬼《き》の風水」シリーズ第五弾『鬼哭―KIKOKU―』も、六月二十五日発売予定です。よろしかったら、聴いてみてくださいね。

シナリオをチェックしつつ、「鬼の風水」秋の章のネタも考えています。


さて、最後になりましたが、素敵なイラストを描いてくださった穂波《ほなみ》ゆきね先生、本当にありがとうございます。今回のカバーの二人、いい感じですね。次の巻も楽しみにしております。

また、お名前は出しませんが、ご助言ご助力くださいましたみなさまにこの場を借りて、心からの感謝を捧げます。

そして、この本をお手にとってくださった、あなたに。

ありがとうございます。楽しんでいただけたら、うれしいです。

それでは、第三巻でまたお会いしましょう。

岡野麻里安

岡野麻里安《おかのまりあ》先生の「桃花男子《とうかだんし》」第二弾、『少年は月に囚われる』、いかがでしたか？

岡野麻里安先生、イラストの穂波《ほなみ》ゆきね先生への、みなさんのお便りをお待ちしております。

岡野麻里安先生へのファンレターのあて先

〒112-8001　東京都文京区音羽2-12-21　講談社　文芸X出版部「岡野麻里安先生」係

穂波ゆきね先生へのファンレターのあて先

〒112-8001　東京都文京区音羽2-12-21　講談社　文芸X出版部「穂波ゆきね先生」係

N.D.C.913　300p　15cm

岡野麻里安（おかの・まりあ）
猫と紅茶と映画が好き。たまにやる気を出して茶道や香道を習うが、すぐに飽きる。次は着付けを習おうかと思っているが、思っているだけで終わりそうな気もする。
・PC版HP「猫の風水」
http://www003.upp.so-net.ne.jp/jewel_7/
・携帯版HP「仔猫の風水」
http://k.fc2.com/cgi-bin/hp.cgi/fusui8/

講談社X文庫

white heart

少年《しょうねん》は月《つき》に囚《とら》われる　桃花男子《とうかだんし》
岡野麻里安《おかのまりあ》
●
2008年5月2日　第1刷発行

定価はカバーに表示してあります。

発行者――野間佐和子
発行所――株式会社　講談社
東京都文京区音羽2-12-21 〒112-8001
電話　編集部　03-5395-3507
販売部　03-5395-5817
業務部　03-5395-3615
本文印刷―豊国印刷株式会社
製本―――株式会社千曲堂
カバー印刷―半七写真印刷工業株式会社
本文データ制作―講談社プリプレス制作部
デザイン―山口　馨

落丁本・乱丁本は購入書店名を明記のうえ、小社業務部あてにお送りください。送料小社負担にてお取り替えします。なお、この本についてのお問い合わせは文芸X出版部あてにお願いいたします。

ISBN978-4-06-286524-1

募集要項

■内容

ホワイトハートにふさわしい小説であれば、ジャンルは問いません。商業的に未発表作品であるものに限ります。

■資格

年齢・男女・プロ・アマは問いません。

■原稿枚数

ワープロ原稿の規定書式【1枚に40字×40行、縦書きで普通紙に印刷のこと】で85枚～100枚程度。

■応募方法

次の3点を順に重ね、右上を必ずひも、クリップ等で綴じて送ってください。

1. タイトル、住所、氏名、ペンネーム、年齢、職業（在校名、筆歴など）、電話番号、電子メールアドレスを明記した用紙。
2. 1000字程度のあらすじ。
3. 応募原稿（必ず通しナンバーを入れてください）。

ご注意

○ 応募作品は返却いたしません。
○ 選考に関するお問い合わせには応じられません。
○ 受賞作品の出版権、映像化権、その他いっさいの権利は、小社が優先権を持ちます。
○ 応募された方の個人情報は、本賞以外の目的に使用することはありません。

背景は2007年度新人賞受賞作のカバーイラストです。
鳩かなこ／著　今 市子イラスト『帝都万華鏡 桜の頃を過ぎても』（左）
蒼／著　高島上総イラスト『風戯え 妖筆抄奇譚』（右）